CAPTIVE

Chapitre un.

Demain c'est ma rentrée en première. Je prépare mes vêtements que je choisis soigneusement pendant une heure en mettant tout mon dressing en vrac et regarde si toutes les affaires dont j'aurai besoin pour le lycée sont bien dans mon sac. Demain est un grand jour pour moi. Je mise sur mon nouveau physique : six kilos et mon appareil dentaire en moins, une nouvelle couleur de cheveux et un nouveau style vestimentaire. Je tiens à ce que cette année sois totalement différente de la précédente. J'avais vécu mon secondaire dans la transparence de mes camarades de classe. Première de la classe, personne ne m'adressait la parole, hormis quand l'un d'entre eux avait oublié de faire ses devoirs ou qu'ils avaient besoin de recopier sur quelqu'un à la dernière minute. Là ils connaissaient tous mon prénom. Ava.

J'ai passé mon été chez mes grand-parents avec mon petit frère Adisson au bord de la mer. C'est là-bas que j'ai fait le vide et changé en quelque sorte mon physique. Footing tous les matins, repas sains ce qui parfois dérangeait mon petit frère qui lui rêvait de manger des hamburgers et des glaces pendant toutes ses vacances. J'ai aussi fêté mes seize ans, loin de mes parents qui étaient partis en vacances en amoureux sur une île paradisiaque. Bien sûr, hormis ma famille, personne d'autre ne me l'a souhaité. Je voulais que tout cela change. Après avoir enfilé un short et un t-shirt je prends mon téléphone avec mes écouteurs, je descends les escaliers en mettant en route ma playlist, fais un signe à ma mère qui est plus loin dans le salon et pars courir le long de la route. J'aime cette sensation de m'échapper le temps d'une heure avec comme seule compagnie ma musique, sentir les rayons du soleil se poser sur moi et l'odeur des fleurs qui occupent le parc dans lequel je retourne pour la première fois depuis un petit moment. A la fin de mon année de secondaire j'avais évité de traverser le parc pour rentrer chez moi, tous les élèves y trainaient tous les soirs après les cours. Plusieurs fois j'avais fais des détours pour ne pas les croiser. Les garçons eux faisaient des parties de foot tout en buvant leurs bières et les filles essayaient de faire les élèves modèles en s'entraidant sur les devoirs pour le lendemain. Plusieurs fois je suis passée à côté d'eux, ils me voyaient tous à chaque fois et m'évitaient à chaque fois. Je m'arrête un moment pour changer la musique, j'en profite pour contempler le parc et les personnes qui s'y trouvent tout en reprenant mon souffle. Il y a une famille assise sur un drap à profiter du beau temps, et un couple de personnes âgées, un peu plus loin, installé sur un banc. Je sens aussi un regard posé sur moi, je cherche discrètement autour de moi et vois un homme qui me parait louche, appuyé, contre un arbre. Il doit avoir une cinquantaine d'années, les cheveux poivre et sel. Le visage très fatigué, une cigarette à la main il me regarde de haut en bas avec un sourire pervers. Je repose mon regard sur mon téléphone pour trouver la musique que j'ai envie d'écouter. Je repars dans ma course, l'homme se rapproche doucement de mon trajet, il ne me lâche toujours pas des yeux. Déstabilisée je prends un autre chemin de terre pour m'éloigner au maximum de lui.

Après une heure de footing j'arrive devant chez moi, je m'appuie sur mes genoux pour reprendre mon souffle et tire sur le fil de mes écouteurs pour les enlever de mes oreilles.
- Je suis là, dis-je pour prévenir de mon retour.
Personne ne répond, je me dirige vers la cuisine en posant mon téléphone sur le buffet et prends une bouteille d'eau dans le réfrigérateur.
- Tiens la sportive est arrivée, dit ma mère en rentrant.
Je lui souris. Ma maman est une très belle femme, psychologue, elle tient son cabinet dans le centre d'une grande ville à côté de chez nous. Ma maman est toujours présente pour mon frère et moi. Quand un jour je lui ai avoué qu'au lycée j'étais seule, elle n'avait pas pris cela comme un problème futile. Elle m'avait donné tout le réconfort et le courage possible pour que je ne me laisse abattre. Un soir j'avais émis l'hypothèse de me sortir du lycée pour suivre les cours à domicile, mes parents avaient été catégoriques : je devais finir le lycée et ne pas laisser les élèves de ma classe gagner ma fuite.
- La prochaine fois, j'irais bien courir avec toi.
- Si tu veux, on peut y aller maintenant.

- Mais tu reviens d'une course déjà chérie, reposes toi un peu.
- Mais je me sens capable de retourner courir un peu.
- Demain après tes cours si tu veux.

J'hochai de la tête.

- Ça va aller demain, ne t'en fais pas et puis si ça se trouve tu vas te faire des amis, continue ma maman.
- J'essaie de ne pas trop y penser.

Elle me lance un sourire.

- Bon aller, vas prendre une douche, on va bientôt diner.

Je grimpe les escaliers pour me retrouver dans la salle de bain. En me déshabillant je cherche du regard où ma mère a mis la balance pour que je puisse me peser. Ma routine depuis le début de l'été, je monte dessus, les yeux fermés avec appréhension comme à chaque fois. En ouvrant un œil je peux souffler en voyant que je n'ai pas pris un kilo depuis la veille. Sous la douche l'eau coule sur ma peau, je chante sur ma musique du moment.

- Ava, arrête de me casser les oreilles et viens manger.

J'ai reconnu de suite la voix de mon petit frère.

- J'arrive, criais-je exaspéré.

Je prends la peine de rester encore un peu plus sous la douche en attendant la fin de la musique, je mets une serviette autour de mon corps et rejoins ma famille dans la cuisine.

- Ça sent trop bon, dis-je en m'asseyant à table.
- Sinon les vêtements tu connais ? me demande mon frère

Je tire la langue à Adisson en signe de réponse.

- Aller donnez vos assiettes les enfants.

Je tends mon assiette et me concentre en même temps sur la télévision qui se trouve en face de moi, installée sur un meuble.

« ... Nous vous parlions depuis quelques temps de la disparition de jeunes femmes depuis un an, la dernière victime en date, Jessica Mabire, introuvable depuis un mois est toujours recherchée par sa famille et les autorités. Ils sont aussi à la recherche de pistes pouvant les amener aux autres victimes. Tout ce que l'on sait c'est que les victimes ont toutes été enlevées sur le chemin de leur travail et qu'une camionnette a été aperçue par des témoins à chaque enlèvement... »

- Tu as vu Ava, elles sont toutes brune et maigre comme toi, tu aurais dû rester comme avant. Tu risques de te

faire enlever toi aussi, me dit-il en louchant sur les photos des victimes passant à l'écran.
- Adisson ! Eclata ma mère.
- Excuse-toi tout de suite, on ne rigole pas sur ce genre de sujet, continua mon père.
- Pardon.

Adisson baisse la tête, peu fier de sa mauvaise blague qui me fit plus rire qu'autre chose.

Adisson est un petit garçon de douze ans qui me ressemble beaucoup physiquement mais absolument pas niveau personnalité. Contrairement à moi il est extraverti, préférant faire des blagues à ses camarades plutôt que d'écouter son institutrice. Et surtout préférant me faire des blagues plutôt que des câlins dont je prends un malin plaisir à lui faire par surprise de temps en temps. Parce que, bien que j'aie envie de l'expédier sur une ile déserte des milliard de fois, ma vie sans lui serait bien plus morose.

- En attendant Ava demain je t'emmène au lycée pour être sûr qu'il ne t'arrive rien.
- Papa, non.
- Ava ne discute pas.

Je souffle, je me vois déjà arriver au lycée avec les yeux de tous mes camarades fixés sur moi. La nouvelle moi les surprendra. Autant dire que si mon père me dépose devant mon lycée demain pour ma rentrée, tout ce que j'avais imaginé pendant l'été sera foutu.

Chapitre deux.

Nous avons débattu tout le long du repas sur les enlèvements. Cette conversation a même envahi mes rêves. Je me suis levée une heure avant que mon réveil sonne. Un mélange d'impatience et d'appréhension se faisait en moi. Bien sûr, même si je suis bonne élève les cours sont pour moi d'un ennui mortel mais j'ai toujours eu cette capacité à retenir ce que le professeur pouvait nous raconter pendant une heure.

Assise en face de ma coiffeuse je me lance à la recherche du fard à paupières qui saura faire ressortir au mieux la couleur de mes yeux. Après quelques minutes à pianoter mes doigts au-dessus de toutes les couleurs de ma palette je fais enfin mon choix sur un marron. Je veux sortir du lot pour cette rentrée.

Après m'être regardée pendant de longues minutes dans mon grand miroir pour être sûre du choix de ma tenue, je dévale les escaliers pour retrouver ma famille dans la cuisine.

- Bien dormi ma chérie ?

Je me poste devant ma mère pour qu'elle m'embrasse le front comme tous les matins.

- Pas trop, entre le stress de la rentrée et la conversation d'hier soir, j'ai fait pas mal de cauchemars.
- J'imagine, mais tout va bien se passer, me répondit-elle en buvant sa dernière gorgée de café avant de poser sa tasse dans l'évier. Bon les enfants, je vous laisse je dois aller travailler, passez une bonne journée.
- Toi aussi man', répondons-nous en cœur avec Adisson

Je m'installe à côté de mon petit frère pour boire mon thé, préparé par les soins de ma maman.

Après avoir débarrassé ma vaisselle, je retourne dans ma chambre pour récupérer mon sac de cours et regarder pour la énième fois si mon maquillage et ma tenue du jour me convenaient toujours.

- Ava, on t'attend, il est l'heure d'y aller.

Je souffle un grand coup. Ce n'était pas ma première rentrée c'est vrai, mais pour moi c'était la plus importante. C'était pour moi un nouveau départ.
- Allez Ava, tout va bien se passer.
Je monte dans la grande voiture de mon père, suivie par mon frère qui s'installe derrière.
- Tu ne veux pas conduire aujourd'hui Ava ? me demande mon père en s'installant derrière le volant.
- Je suis trop stressée pour ça.
Il rigole à mes paroles tout en allumant le contact et vérifie dans le rétroviseur si Adisson est bien attaché.
Nous déposons en premier mon petit frère à son collège.
- Bonne journée Adisson.
Mon frère claque la porte de la voiture sans même répondre à mon père. Il rejoint en courant ses amis qui l'attendent devant le portail de l'établissement où il fait ses études.
- Toujours aussi poli.
- Lui au moins c'est sûr, il n'est pas stressé.
- Je ne vois pas pourquoi tu dis ça.
- Moi je vois très bien, je te connais quand même. Quand tu es stressée tu n'arrêtes pas de frotter tes mains sur tes cuisses ou de te ronger les ongles.

En regardant mes cuisses je me suis surprise à répéter les gestes que mon père venait de me dire, mes pensées étaient tellement prises par le déroulement de cette journée, que je ne me rendais compte de rien.

- Et voilà, c'est l'heure du grand moment de ta vie !

Je sentais l'ironie dans la voix de mon père, je comprenais qu'il prenne ça à la légère, mais pour moi cela représentait bien plus qu'une simple rentrée.

- A ce soir, dis-je en récupérant mon sac de cours à mes pieds.
- Tu me raconteras ce soir.

J'acquiesce et sors à mon tour de la voiture, je regarde mon père s'éloigner et m'avance timidement vers mon lycée, je sens des regards se tourner vers moi. « C'est une nouvelle ? », « On dirait pas Ava ? », « Mais si, qu'est-ce qu'elle a changé ! »…

J'entends les murmures pas très discrets de mes camarades. Arrivée à l'intérieur, je vois au loin une fille avec qui je m'entendais à peu près bien dans mon ancienne classe. En s'approchant de moi je vois ses yeux ébahis.

- Wouah, Ava, tu es magnifique.
- Merci beaucoup, répondis-je en rougissant sûrement

- Tu as vu nous sommes dans la même classe encore, m'annonce-t-elle toute souriante.

J'acquiesce en sortant mon plus beau sourire. La cloche sonne, je suis ma camarade pour atterrir dans mon premier cours de la journée. Je m'assois au fond de la classe pour la première fois de ma vie. Je sors un cahier et ma trousse tout en regardant les autres personnes de ma classe rentrer à leur tour. Tous me lancent des regards, cela me gêne mais me plaît en même temps. Les sourires des beaux garçons, les regards d'admiration des filles, cela me fait sourire. Tout ce pourquoi je me suis battue cette été se déroule enfin. Toute la journée se déroula comme je l'avais imaginée, même beaucoup mieux. Beaucoup de personnes sont venues me parler, m'ont demandé comment s'était passé mon été. Surtout ceux qui, avant, me connaissaient juste pour mes devoirs.

A la fin de mon dernier cours de la journée, je salue tous ceux qui tiennent à me dire au revoir apparemment. Passée le portail du lycée je retrouve la voiture de mon père, il raccroche son téléphone au moment où je m'installe à ses côtés.

- Alors ta journée ma chérie ?

- Géniale, dis-je avec mon plus beau sourire.
- Ton frère est rentré seul, il a fini plus tôt que prévu.
- Alors lui a le droit de rentrer à la maison tout seul mais pas moi ?
- Et bien justement, demain tu devras y aller seule.

Je tape dans mes mains heureuse de pouvoir venir seule demain. Parce qu'à seize ans être accompagnée par ses parents pour aller au lycée, on peut dire que c'est la loose.

- Mais promets-moi que tu feras bien attention.
- Bien sûr, comme d'habitude, dis-je prenant ses inquiétudes à la légère.
- Tu sais pourquoi je dis cela.
- Il ne m'arrivera rien papa.

Je profite du fait que ma mère finisse son travail assez tard ce soir pour aller courir un peu. C'est le meilleur moment pour moi pour s'évader, la fin de journée. Le soleil est encore là avec sa chaleur et ce petit vent qui balaie ma peau. Je rentre en sueur chez moi, j'enlève mes écouteurs en arrivant dans la cuisine pour voir ce que mon père avait préparé comme diner, je soulève le couvercle du plat qui était en train de cuire sur la cuisinière

et découvre quelques morceaux de poulets accompagnés de petits légumes, je renifle l'odeur avant que mon père m'enlève le couvercle des mains.
- Va donc te doucher, qu'on puisse manger.
- Papa, je meurs de faim, elle va mettre des heures à se laver encore, râle Adisson.

Je lui envoie le torchon à côté de moi dans le visage pour me venger de ce qu'il vient de dire.
- Dépêche-toi, maman arrive dans dix minutes tu as intérêt d'être redescendue avant ! m'ordonne mon père.

Je prends son défi au sérieux et monte les marches deux à deux pour rejoindre la salle de bain le plus vite possible. Je saute sous la douche et m'active pour me laver le corps et les cheveux. Je ressors de la salle de bain en pyjama et redescends pour m'installer à table.
- Bravo tu n'es pas restée une heure sous la douche, y'a du progrès.

Mon frère passait son temps à me taquiner, c'était notre relation on ne pouvait pas rester une heure sans se chercher.

Nous passons le repas à raconter nos journées, c'est le moment familial. Je peux raconter ma rentrée, celle que

j'avais tant attendue, ma mère est la plus heureuse pour moi autour de la table. Faut dire que pour mon père et mon frère il n'y avait rien d'extraordinaire. Ce soir mon père a décidé de ne pas mettre la télé, il a trouvé comme excuse qu'il veut rester au calme. Avec mon frère, on vient tous les deux d'échanger un regard, on sait qu'il ne veut juste pas entendre parler de cette histoire de kidnapping une nouvelle fois. Au moment d'aller se coucher je prépare ma tenue du lendemain et les cours dont j'aurai besoin. Ma mère passe sa tête au même moment pour me souhaiter bonne nuit.
- Bisous ma chérie, me dit-elle.
- Bisous maman.
- Tu n'oublieras pas d'envoyer un message à ton père demain matin quand tu arriveras à ton lycée.
- Oui, j'y penserai, dis-je sans chercher à comprendre.
Je m'installe dans mon lit et fais un tour sur les réseaux sociaux avec mon téléphone. Je remarque plusieurs demandes d'amis et quelques messages de personnes du lycée, je réponds à certains d'entre eux. Tous étaient épatés par le changement que j'ai pu avoir cet été. Je m'endors heureuse de ma journée et impatiente de vivre celle du lendemain.

Chapitre trois.

Levée une nouvelle fois plus tôt que prévu, je prends le temps de quelques minutes sur l'écran de mon téléphone à parcourir tous mes réseaux sociaux, ne voyant rien d'intéressant je décide de mettre mon téléphone à charger et de sortir de mon lit. En rentrant dans la cuisine je m'aperçois que mes parents sont sûrement déjà partis au travail en voyant l'état de la table. En attendant que l'eau de la bouilloire soit à la bonne température pour mon thé, j'en profite pour remettre un peu d'ordre dans la cuisine. La bonne odeur du citron se propage en fumée dans la cuisine, je prends ma tasse de thé et m'installe au piano implanté au milieu du salon. Je balaye des doigts de ma main libre quelques touches avant de boire une gorgée brûlante, et de poser ma tasse sur le bord à côté de mon livret de partitions. Je joue les premières notes de mon

morceau préféré. Le piano fait partie de ma vie depuis mes six ans, je suis tout de suite tombée amoureuse des mélodies que pouvait faire échapper cet énorme instrument. Je recevais des cours particulier à la maison par une étudiante qui cherchait de quoi se faire de l'argent de poche.
- Tu m'as réveillé !
Adisson me fit sursauter en hurlant du haut des escaliers, je me stoppe de suite après avoir entendu la porte de sa chambre claquer, souffle un grand coup déçue de ne pas avoir pu finir ma musique, je termine le reste de mon thé, pose la tasse dans l'évier et remonte dans ma chambre pour me préparer.

Je dépose mon sac de cours dans le panier de mon vélo et en sors mes écouteurs et mon téléphone. Mon père ne pouvait pas nous emmener mon frère et moi aujourd'hui, ma mère m'a suggéré de lui envoyer un message hier soir dès mon arrivée à mon lycée. Je crois que cette histoire de kidnapping par chez nous l'avait vraiment touché, et puis mon frère qui a souligné plusieurs fois que je ressemblais aux victimes de ce prédateur, n'a rien arrangé aux craintes de mon père. Ma mère elle n'en parle pas plus que ça. Est-ce que c'était son côté psychologue qui jouait, je ne pourrais pas dire… En attendant, ce matin je me suis encore réveillée plus tôt, j'ai encore pris mon temps pour me faire la plus jolie possible. Après plusieurs essai de coiffure j'ai opté pour une tresse africaine qui retombe sur une de mes épaules et, pour ma tenue seulement un t-shirt assez loose rentré dans une petite jupe et mes baskets blanches. En regardant mon vélo je doute du confort avec mes habits choisis mais tant pis. Après la journée d'hier où je m'étais fait remarquée comme je le voulais, je ne pouvais pas faire redescendre l'attention portée sur moi. Et tout se jouait une nouvelle fois sur mon physique.

Le trajet paraissait toujours moins long avec de la bonne musique. Je chantonnais sur la route de campagne, même si je connaissais ce trajet par cœur j'aimais admirer le paysage qui se créait devant moi au fur et à mesure.
La musique n'était pas assez forte pour empêcher les bruits de voiture d'atteindre mes oreilles. Cette route était rarement empruntée ce qui rassurait un peu plus mes parents quand ils me savaient partie à vélo. Un camion blanc me double, je n'y prête pas attention jusqu'au

moment où je me rends compte qu'il met beaucoup de temps pour se mettre devant moi. En tournant la tête vers le chauffeur pour lui faire signe, je reconnu l'homme qui m'avait observée quelques jours auparavant. Je perds le contrôle de mon vélo et tombe avec dans le fossé que je longeais.
- Mais ça ne va pas ! Criais-je en essayant de pousser le vélo qui se trouvait sur mes jambes

La camionnette recule juste devant moi, un jeune homme sort de la porte coulissante en vitesse, il prend mon vélo pour le balancer à l'intérieur. Je n'ai même pas eu le temps de réagir que je me trouvais également portée pour me retrouver dans le même endroit sombre. La porte se ferme devant moi.
- Mais laissez-moi !

Je me lève d'un coup et essaie d'ouvrir la portière mais l'homme m'en empêche.
- Fonce ! crie celui qui me détenait, au chauffeur.

Le camion accélère d'un coup ce qui nous fit basculer. J'en profite pour essayer de me débattre.

Mais il a beaucoup plus de force que moi, il sort quelque chose de la poche de sa veste et me pique avec cet objet dans le cou. Aucun mot ne peut sortir de ma bouche, je me sens paralysée, je regarde quelques secondes l'homme qui se trouve au-dessus de moi. Son visage est caché par un bandana, je peux seulement apercevoir ses yeux avant que ma vue ne devienne de plus en plus trouble…

Je me réveille avec un mal de tête atroce, je frotte doucement l'arrière de ma tête en ouvrant les yeux petit à petit, et je découvre l'endroit dans lequel je me trouve. C'est une cave. En voulant me relever je comprends qu'une de mes mains est menottée à une vieille gouttière. Je bouge mon bras en pensant naïvement que j'arriverais à me libérer facilement. Une odeur de moisi envahit mes narines, des gouttes d'eau tombent à quelques centimètres de mon corps. Je suis à moitié allongée sur un matelas puant et sale. J'entends une porte s'ouvrir et des pas se rapprocher, quand j'aperçois son visage. Je reconnais tout de suite le garçon qui m'a enlevée dans la camionnette. Je me refais la scène plusieurs fois dans ma tête. Je commence à paniquer en revoyant toutes ces images se rejouer. Je n'arrive plus à respirer correctement, la panique m'envahit, je cherche du regard le jeune homme qui m'a enlevée quelques temps plus tôt pour

qu'il puisse me venir en aide. Il se contente de se retourner vers moi avec un verre d'eau sans sortir un mot. Un petit merci siffla entre mes lèvres après avoir englouti le verre, je réussis enfin à me calmer. Quant à lui, il reste figé sur place à me regarder, ce qui me met assez mal à l'aise.
- Je vais rester menottée comme ça pendant longtemps ?
Il ne répond pas et remonte les escaliers qui doivent surement rejoindre la maison.
- Il n'y a rien de compliqué dans ma question, criais-je
Je n'étais plus effrayée mais en colère. Et si c'était une blague ? Venant des personnes de mon lycée ? Enfin je ne comprenais pas pourquoi ils me feraient ça mais je savais que certains d'entre eux aimaient faire des blagues parfois un peu trop poussées…
Je continue de regarder autour de moi, il y a quelques cartons sans rien d'inscrit dessus. Des bouteilles en plastique vides étalées partout sur le sol. Une petite fenêtre offre un peu de lumière, je regarde les gouttes d'eau tomber. Cela me fait passer le temps. Je ne sais pas depuis quand je suis là mais cela commence à être long, encore plus pour une simple mauvaise blague.

Posée contre la gouttière, mes coudes sur mes genoux j'entends enfin un bruit, quelqu'un dévale les marches.
- Je t'apporte de quoi manger.
- Non merci, je n'ai pas faim.
- Je te laisse ça là quand même.
- Attends, j'ai besoin de faire pipi.
Il s'éloigne cherchant quelque chose entre les cartons, il se rapproche à nouveau de moi en me lançant un seau en ferraille que j'évite de justesse.
- Tu n'as qu'à faire là-dedans.
- Il en est hors de question !
- C'est que tu n'as pas tant envie que ça alors.
- Je vais rester ici encore combien de temps ?
- Ne pose pas trop de questions.
- Sinon quoi ? demandais-je.
Il repartit sans même me regarder, j'étais loin de savoir ce qui pouvait m'attendre par la suite.

Chapitre quatre.

J'étais tellement épuisée que j'avais réussi à m'endormir sur ce matelas miteux. Je me relève doucement, l'air frais qui caresse mes bras nus me réveille brutalement et à en croire l'obscurité de la pièce, il doit encore faire nuit dehors. Je me colle à la gouttière pour pouvoir rapprocher ma main prise de ma tête, je prends l'élastique sur un de mes poignets et attache mes longs cheveux qui sont devenus gras. Je frotte mes bras à l'aide de mes mains pour me réchauffer un peu. Cette blague devenait vraiment barbante.
- Y'a quelqu'un ? criais-je.
Je continue d'hurler autant que je peux jusqu'à ce que la porte s'ouvre enfin. La lumière s'allume et l'homme le plus jeune descend vers moi.
- Qu'est-ce que tu veux ?

- J'ai super froid.

Il remonte pendant quelques secondes avant de réapparaître avec une couverture dans les bras.

- Autre chose ? me demande-t-il.
- Quand est ce que cette blague va finir ?
- De quelle blague tu parles ?

Je montre ma main attachée en guise de réponse.

- Tu crois réellement que tout ça est une blague ?
- Qu'est-ce que ça serait d'autre ? demandé-je innocente.
- Laisse tomber, si tu préfères croire que c'est une blague, alors crois-le.

Il commence à s'en aller.

- Tu ne me libères toujours pas ?

Ma question le stoppe, dos à moi il lâche un petit rire avant de reprendre son chemin et d'éteindre la lumière derrière lui.

Il avait vraiment un problème pour répondre à mes questions lui…

J'attrape la couverture et essaie tant bien que mal de m'enrouler dedans avec ma main libre.

Je ne sais toujours pas ce que je fais ici, et cet endroit me donne la chair de poule. Il fait froid, humide et beaucoup trop silencieux à mon goût.

La porte s'ouvre une nouvelle fois en peu de temps, la même personne s'approche de moi.
- Tiens je t'apporte de quoi manger, me dit-il froidement en me tendant une assiette de pâtes.
- Et comment suis-je censée manger ?
- Je ne sais pas, tu te débrouilles.
Je lâche la couverture et accepte son plat avec ma main disponible. Je commence à déguster difficilement ces horribles pâtes fades.
- C'est dégueulasse, dis-je en posant l'assiette à côté de moi.
- Désolé, mon père n'est pas très doué pour la cuisine.
- Tu t'appelles comment ? Demandais-je par curiosité.
- Zackary, mais je préfère Zack.
- Dis-moi Zack, qui a mis cette blague en place ?
- Pourquoi tu es persuadée que tout cela est une blague ?
- Je ne vois pas d'autre raison...
- Ava, tu te trompes complètement.
Comment connaissait-il mon prénom ? Cela me perturbait mais pas autant que de savoir pourquoi je me trouvais ici.
- Comment ça ?
- Tu regardes les informations ?

J'acquiesçais.

- Tu ne vois pas où je veux en venir ? me demande-t-il en me fixant droit dans les yeux pour la première fois.

- Pas vraiment non...

Je ne quittais pas ses yeux, ses magnifiques yeux.

- Toutes ces jeunes femmes qui se font enlever...

Mes yeux s'écarquillent, mon cœur s'excite. Je prends conscience de ce qu'il veut me faire comprendre. Je repense à la conversation autour du repas avec ma famille, du présentateur qui parlait des enlèvements qu'il y avait eu... Je viens de comprendre, je suis la nouvelle victime de ce grand prédateur dont on parle tant aux informations. J'éclate en sanglots, pourquoi moi ? Zack reprend l'assiette à côté de moi et s'en va, me laissant seule avec ma peine et les milliers de questions qui se battent dans ma tête.

Chapitre cinq.

Je suis réveillée par le bruit de la porte et des pas qui dévalent les marches. C'était lui alors, l'homme qui a fait tant de victimes. Personne n'a jamais su qui était l'homme qui avait enlevé toutes ces filles autour de chez moi. Et maintenant moi, je savais qui était cette ordure, il était en face de moi, cet homme qui m'avait observée dans ce parc. Pourquoi n'avais-je rien dis ? Cela aurait pu empêcher que j'arrive ici.
- Alors bien dormi ? me demande-t-il sur un ton ironique.
- Je sais qui vous êtes !
- Ah oui ! Et qui suis-je alors ? me demande-t-il avec un sourire narquois.
- L'homme qui a enlevé toutes ces filles qu'on recherche depuis des mois !

Je ne le lâchais pas, mes yeux étaient plantés dans les siens, je voulais me montrer forte, lui faire comprendre que je n'avais pas peur de lui, même si je n'avais jamais réussi à être crédible dans le rôle de la dure à cuire. J'ai toujours été la fille discrète, éloignée des problèmes, mon frère dit de moi que je suis une fragile, mais face à ce monstre qui prenait plaisir à me voir attachée comme un animal, je devais me montrer courageuse.
- Il t'en aura fallu du temps !
- Où sont-elles ?
- Tu les rejoindras bientôt, ne t'en fais pas.

Son regard et son sourire moqueur me glacèrent le sang. J'avais peur d'avoir compris où il voulait en venir.
- Laissez-moi sortir d'ici ! dis-je en essayant de me débattre.
- Tu as vraiment cru que tu avais ton mot à dire, tu es ma prisonnière, tu resteras ici le temps que j'en aurais envie !

Dans un élan de haine et de dégoût de voir son visage aussi proche du mien, je lui crache au visage. Ma salive coule de son œil au bas de son visage, ses yeux se ferment. Il s'essuie d'un geste abrupt, son regard a totalement changé et est devenu d'un noir si profond que je

regrette mon geste insolent dans la seconde. Il me gifle une première fois, je pose ma main sur ma joue chaude, suit un coup de poing sur l'autre joue. Cette fois je n'ai pas le temps d'apaiser la douleur avec ma main fraiche, cette ordure continue ses coups, sur mon visage, mes côtes, mon ventre, mes jambes. Toutes les parties de mon corps ont au moins été une fois visées par ses poings ou ses pieds. Du sang coule sur mon visage.
- Arrête papa !
C'est la seule phrase que j'entendis de Zack avant que son père cesse son acharnement sur moi. J'ai tellement mal que je n'arrive plus à me concentrer sur ce qui se passe à côté de moi. Je n'ose même plus ouvrir les yeux par peur de revoir ce monstre devant moi avec son sourire narquois.
- Ava, est ce que tu peux te lever ?
Je suis incapable de bouger ne serait-ce qu'un doigt. Je sens le parfum de Zack près de moi, il prend ma main attachée et m'aide à me lever. Je mets du temps à comprendre qu'il vient de me libérer et qu'il m'aide à monter les escaliers. Assise sur une chaise dans la salle de bain je reprends enfin mes esprits.
- Ne bouge pas, je vais trouver de quoi te soigner.

Je ne réponds pas et essaie de garder les yeux ouverts pour avoir Zack dans mon champ de vision. Je le vois faire le tour de la salle de bain, fouiller dans tous les placards et tiroirs qui sont à disposition. Il se rapproche à nouveau de moi avec du coton et une bouteille de désinfectant.
- Tu as eu du courage de t'en prendre à mon père comme tu l'as fait.
- Alors c'est ton père...
Il secoue la tête d'un signe positif.
- Dis-moi, cela fait combien de temps que je suis enfermée ?
- Deux semaines je dirais.
- Tu ne deviendrais pas fou toi en restant enfermé dans un endroit aussi merdique par une ordure pendant autant de temps ?
Une fois de plus il ne trouve rien à me répondre et se contente d'imbiber un morceau de coton de produit et de le faire glisser sur mon visage pour enlever ce sang que je sens encore couler. Il se met à genoux pour être à ma hauteur. Je n'ai jamais été aussi proche de lui et il faut dire que son visage n'est pas désagréable à regarder.
- Je suis désolé.

- De quoi ?
- De ce qu'il vient de te faire, je ne l'avais jamais vu aussi violent envers quelqu'un d'autre auparavant.
- Quelqu'un d'autre ? Il te frappe aussi ?
- Laisses tomber. Tu peux enlever ton t-shirt s'il te plaît ?

En pensant qu'il pouvait lui aussi subir les coups de son père je ne réagis pas à ce qu'il vient de me demander.
- Ava, ton t-shirt est plein de sang, je vais nettoyer tes blessures.
- Oui, bien sûr, dis-je en enlevant mon haut

Je ne veux même pas regarder dans quel état est mon corps, mais à en voir le visage de Zack cela ne doit pas être beau à voir. Il se penche un peu pour pouvoir mieux voir mes blessures, il faut dire que la luminosité de la pièce laisse à désirer tout comme le nettoyage. Une tonne de poussière croule sur le meuble à côté de moi.
- Les autres n'ont pas eu le droit à ça ?
- A quoi ?
- A être tabassées par l'autre et ensuite être soignées par toi.
- Comme je te l'ai dit je ne l'ai jamais vu tabasser qui que ce soit avant.
- A part toi apparemment.

Je cherche son regard, vu qu'il ne veut rien me dire. Je veux trouver mes réponses dans ses yeux, il est tellement mystérieux et insensible. A vrai dire avec un père pareil il est compliqué d'être autrement.
- Aide-moi à sortir d'ici, je t'en supplie.
- Je ne peux pas.
- Pourquoi ça ?
Et une fois de plus il échappe à ma question.
- Et ces filles que sont-elles devenues ?
Je me doutais de la réponse, mais je ressens le besoin de l'entendre de la bouche de quelqu'un.
- Il vaut mieux que tu ne le saches pas.
- Elles sont mortes c'est ça ? Et je suis la prochaine ?
- Voilà, c'est fini.
Je n'arrête pas de chercher son regard, mais rien. Il fait comme s'il ne m'entendait pas. Je me lève de la chaise, j'ai toujours le haut de mon corps seulement habillé d'un soutien gorge. Je passe devant un grand miroir et me regarde. Je me mets à pleurer, je suis affreuse, amochée de partout. On peut apercevoir mes côtes, j'ai la peau sur les os. Je suis Zack, et en atterrissant dans le salon, je peux découvrir la maison sous laquelle je vis maintenant. La cuisine est ouverte, l'endroit est assez petit, très sale

comme l'indique la tonne de moutons qui se trouve sur le sol, deux cendriers étaient remplis de mégots sur la table basse ce qui créait une odeur insoutenable dans la pièce. C'est aussi très sombre, seule la porte d'entrée vitrée offre de la lumière à la pièce. Maintenant que je l'ai dans mon champ de vision je n'arrive plus à la lâcher du regard. C'est ma porte de sortie.
- Je ne te conseille pas d'essayer de t'enfuir.
- C'est une menace ? demandais-je sans me tourner vers Zack.
- Non, seulement un conseil. Dans ton état tu n'iras pas loin, je te rattraperai avant même que tu atterrisses sur la route la plus proche.

Il avait sans doute raison, mais je n'en pouvais plus d'être enfermée, avec cette peur au ventre qu'un jour ce monstre puisse me tuer et me faire disparaitre, sans doute, comme les autres filles qui ont été à cette place juste avant moi. Mais mes côtes me font bien trop mal et de plus le fait que je mange à peine depuis quelques jours m'empêcherait de courir bien loin. Tenter de lui échapper était statistiquement impossible.
- Allez viens !

Il ouvre la porte de la cave, ou devrais-je dire, de ma prison. Je le regarde avec pitié mais rien ne marche sur lui. Il me paraissait pourtant moins horrible et insensible que son père.

J'étais de nouveau attachée à cette gouttière rouillée et puante.

- Je reviens plus tard pour te rapporter à manger.

Je ne réponds pas et laisse mon regard se perdre sur le mur en face de moi.

- Essaie de te reposer.

Je lève mes prunelles vers lui, ahurie par ce qu'il venait de me dire.

- Parce que tu penses que je suis libre de faire autre chose peut être ? lui demandais-je sur un ton sarcastique.

Il détourne son regard vers ses pieds et se tourne pour reprendre le chemin de la sortie. Le voyant refermer la porte derrière lui, je me retrouvais à nouveau dans l'obscurité, une boule s'empara de ma gorge et des larmes noyèrent mes yeux, je n'arrivais plus à me contenir. J'explose, pendant des heures la tête plongée dans la couette attendant que le temps passe… Mais les secondes me paraissent des heures, détenue dans cet endroit.

Chapitre six.

Zack.

Allongé sur mon lit, les bras croisés sous ma tête, je fixe le plafond, mon esprit ne cessait de se repasser les images de ces semaines écoulées. Je cauchemarde de cet enlèvement. Ce n'est pourtant pas le premier, mais à chaque fois, j'en vomis pendant des heures comme si mon corps me rappelait à l'ordre, suite à la connerie que je venais de faire sous le commandement de mon père. Je cauchemarde de l'enlèvement d'Ava, je n'arrive pas à comprendre pourquoi. Je suis conscient que ce à quoi je participe est horrible mais les dernières victimes ne m'avaient pas provoqué autant de dégout et de honte. Ava est différente. Et je crois que je le suis devenu aussi. Comme si ce nouvel enlèvement avait provoqué chez moi l'envie d'une nouvelle vie. Une vie meilleure, normale. Je ne peux plus accepter ce que mon père me demande, mais je ne peux pas non plus le laisser tomber. Il souffre tellement de l'absence de ma mère et moi aussi, mais contrairement à lui je n'en veux pas à la terre entière. Il avait donné sa vie pour elle, mais ce n'était pas suffisant apparemment puisqu'elle avait décidé de quitter les deux personnes qui l'aimaient le plus au monde pour aller refaire sa vie avec un autre homme. Après quelques recherches sur internet j'ai pu en savoir plus sur cet individu qui a fait voler ma famille en éclat, c'est un homme avec de la classe, divorcé il est père d'une petite fille. Lui et ma mère se côtoyaient secrètement depuis quelques temps. Je me doutais déjà de quelque chose, ma mère rentrait tard les soirs, quelques minutes après le départ de mon père, comme si elle l'évitait. Ma mère avait raconté à mon père qu'elle avait beaucoup de travail en ce moment et qu'elle rentrerait souvent tard le soir et pouvait le manquer. Elle lui avait dit tout cela sans même le regarder dans les yeux une seule fois. Ma mère n'arrivait jamais à regarder les personnes dans les yeux quand elle mentait. Mais moi, je n'y croyais pas une seule seconde, j'avais bien vu son changement d'attitude, ses absences quand elle se trouvait avec nous, son style vestimentaire, étrangement elle avait recommencé à prendre soin d'elle, mais seulement pour aller au travail. Quand elle rentrait à la maison, elle se démaquillait et se coiffait seulement d'un chignon. Pour moi je sentais qu'un autre homme faisait à présent partit de sa vie… Mon père lui ne voyait rien, pire encore, vu qu'il ne pouvait plus profiter de sa femme autant qu'avant, il la couvrait de cadeaux et elle lui mentait en lui disant qu'elle l'aimait. Cette mascarade a duré un an. Mon père est tombé de haut quand un matin, rentrant d'une nouvelle nuit de travail avec un nouveau cadeau, il n'a jamais pu lui offrir. Elle s'était enfuie comme une lâche laissant derrière elle une simple lettre d'adieu et sa bague de mariage.

Mon père a subi une espèce de choc. Depuis cinq ans il n'a jamais pu accepter le départ de ma mère, l'abandon pour lui a été beaucoup trop fort. Il revit sans cesse ses souvenirs, sa rencontre et est persuadé qu'elle reviendra un jour ou l'autre. J'ai essayé parfois de le contredire, de lui faire comprendre qu'elle ne reviendra jamais mais il perd à chaque fois le contrôle de lui-même et me frappe jusqu'à ce que je lui dise ce qu'il veut entendre. Lors de ces moments je ne savais pas ce qui me faisait le plus mal, ses coups, ou lui mentir une énième fois.

Je n'ai jamais su le comprendre, comme s'il était bloqué entre deux mondes, celui qu'il s'imaginait en voyant ma mère revenir, et celui où il détruisait tout, où il nous détruisait, moi et ces jeunes femmes sur qui il avait jeté son dévolu. Chaque soir quand je rentrais de mes cours, je craignais qu'il ait trouvé d'autres femmes. Quatre. Quatre femmes ont été ses victimes et malheureusement Ava était la nouvelle. Elles se ressemblaient toutes, enfin elles ressemblaient surtout à ma mère plus jeune, brune aux cheveux longs, grande et fine avec les yeux bleus, avec énormément de charme. Ils les as toutes séquestrées et j'y ai participé à chaque fois.

Je rejoins mon père qui est installé sur son fauteuil dans le salon avec une bière dans la main.
- Elle est mignonne Ava, non ?
- Oui, ça va.
Je sais que mon père la voyait plus comme un objet, que comme une jeune femme.

- D'ailleurs maintenant on lui met des somnifères dans sa bouffe, comme ça, ça m'évitera de la calmer comme hier à chaque fois que j'irai la voir.

Je n'aime pas cette option.

- Je vais aller travailler, tu sais ce qu'il te reste à faire.

J'hoche la tête en guise de réponse.

Mon père claque la porte derrière lui ce qui me fit sursauter. J'éteins la télévision et ramasse la bière que mon père a laissé sur la table basse. Arrivé dans la cuisine, j'ouvre le réfrigérateur pour récupérer les pâtes que nous donnons à Ava depuis plusieurs jours. A la vue cette infâme nourriture, je comprends qu'elle préfère se laisser mourir de faim. J'aperçois les quelques somnifères qui trainaient sur la table de cuisine, j'en écrase un et saupoudre l'assiette remplie avec.

- Comment vas-tu ? commençais-je.
- Et bien écoute, je me sens horriblement fatiguée alors que je passe mon temps à dormir, j'ai mal partout et je suis emprisonnée. A part ça tout va bien.
- Fais-moi voir tes blessures.

Je soulève mon t-shirt, il s'installe à côté de moi pour pouvoir osculter les marques sur le haut de mon corps.

- Ça a l'air de guérir correctement
- Si tu le dis, répondis-je froidement.

Je ne comprenais pas pourquoi il s'intéressait à moi comme ça.

- Pourquoi vous faites ça ? Qu'est-ce que j'ai pu faire pour atterrir ici ?
- Je ne peux pas te répondre, vraiment.

Il sort un paquet de cigarettes et un briquet d'une de ses poches de son jean et en alluma une devant moi, la fumée me fait tousser.

- Désolé, je vais aller fumer ailleurs.
- Non, ne t'inquiète pas, me dit-elle.

Je la sentais ailleurs, déprimée.

- Tu ne m'as pas répondu la dernière fois…
- Par rapport à quoi ? demandais-je en prenant une taffe sur ma cigarette.
- Les autres victimes…
- Je n'ai pas le droit d'en parler.
- Alors tu te fais frapper, tu dois t'occuper de moi, et te taire sur ce que tu vis et vois, tu es autant prisonnier que moi en fait…

J'hausse les épaules, ne sachant pas quoi répondre.

- Elles ont été tuées, c'est ça ?

Mon regard fixé dans le sien confirme ce qu'elle pensait, j'écrase le mégot à mes pieds.

- Génial, en plus de sentir l'humidité et le moisi, tu me rajoutes l'odeur de la cigarette, me dit-elle avec un léger sourire.

Elle avait un sourire terrible, elle devait en avoir des garçons à ses pieds, ses yeux, les courbes de son corps, tout était magnifique chez elle. Ressaisis toi Zack, tu es en train de craquer pour la victime de ton père.

Nous parlons pendant quelques heures.

Ava me raconte sa vie, elle n'est pas réticente envers moi, comme si le fait de l'avoir soignée des blessures causées par mon père avait brisé cette barrière entre nous, cette barrière d'un criminel avec sa prisonnière.

Je reste quelques minutes auprès d'Ava qui s'est endormie avant même d'avoir terminée sa phrase. J'admirais sa beauté, et je la laissais pour aller me préparer. C'était une nuit blanche de plus avant d'aller poursuivre ma journée de cours. Je passe un coup d'eau sur mon visage dans la salle de bain et attrape mon sac à dos pour ensuite faire les quelques kilomètres à pieds pour rejoindre mon établissement. Pendant ma marche je repense à Ava.

Je me rends compte que cette nuit nous avons tissé des liens de complicité.

Chapitre sept.

Je n'arrive pas à savoir depuis quand j'étais enfermée dans cet horrible endroit, tout ce que je sais c'est que le temps me parait tellement long, je n'entends aucun bruit et les seuls moments où je peux sortir de mes pensées étaient les pires instants, ce monstre continuait à me regarder comme une merde.

Des pas différents de d'habitude me réveillent. Quand je relève la tête du matelas j'aperçois le visage de ce monstre qui s'approche de plus en plus de moi sans se tenir droit. Il sent l'alcool à plein nez, il rit seul, énonce des mots incompréhensibles. On dirait un fou, un de ces fous enragés que l'on peut voir dans les films, quand ils sont à l'extase de leur vie de meurtrier.

- Alors comme ça tu as voulu m'abandonner ? Pourquoi as-tu osé faire ça ?

Je ne comprends rien, je me relève comme je peux. Son comportement m'intrigue. D'habitude il est froid, méchant, agressif, là c'est différent. Il a toujours ce sale regard, mais cette fois s'y mélange une sorte de tristesse profonde.

- C'est aujourd'hui l'anniversaire de notre mariage, vingt-deux ans de mariage cela se fête non ?

Il me prend pour sa femme. Il boit une nouvelle gorgée de la bouteille de whisky qu'il tient à pleine main. Son regard posé sur moi me répugne, il s'assied sur le matelas sans me quitter de ses prunelles bordées de larmes. Je m'éloigne comme je peux, il commence à caresser une de mes jambes nues essayant de monter de plus en plus haut. J'essaye tant bien que mal de le repousser avec ma main libre.

- Arrêtez ! hurlais-je.

- Et pourquoi ? Tu es tellement belle !

Son visage est à quelques centimètres du mien, ses yeux louchent sur mes lèvres.

- Allez, laisses-toi faire.

Je commençais à hurler à m'en tuer la gorge, en priant de toutes mes forces pour que Zack soit dans les parages pour me venir en aide.

- Arrête d'aboyer, salope !

Il m'attrape la mâchoire et me la serre fort. Ses lèvres baveuses se collent à mon cou. Un goût de vomis remonte en moi. Instinctivement je lui enfonce mon genou dans le bas du ventre, ce qui le stoppe net. Il hurle de douleur, mon cœur s'affole, je prends conscience de mon geste et me rappelle des conséquences de ma dernière révolte. Par instinct de survie je lève mon bras pour cacher mon visage, pour me protéger des futurs coups qui vont s'abattre sur moi. Mais rien, il se contente de se lever, difficilement, bousculé par l'alcool qui doit baigner dans son sang. Il récupère sa bouteille d'une main et met l'autre à l'endroit où je venais de le frapper. Quand la porte claque derrière lui, mon corps s'emporte, j'explose, hurle, pleure jusqu'à ne plus avoir de force pour le faire, je veux enlever de ma tête ce qui vient de se passer.

Zack.

Sur le chemin, de retour de mes interminables heures de cours, je n'attendais qu'une seule chose, retrouver Ava.
- Salut papa, commençais-je.
Il se contente de lever son bras pour me saluer, assis sur son canapé toujours accompagné d'une bière et d'un nouveau match de foot.
Je me dirige vers ma chambre et lance mon sac sur mon lit avant de retrouver mon père et de m'asseoir à ses côtés.
- Au fait, j'ai eu dix-huit à mon dernier devoir de français ! dis-je, fier de moi.
Il ne me répond pas, je ne suis même pas sûr qu'il m'ait bien écouté. Il ne voit même pas ma déception, tout ce qui l'intéresse c'est de boire et attendre que le temps passe. Il n'a véritablement plus de vie. Avant nous étions proches, il m'emmenait souvent à des matchs de foot qui se déroulaient pas loin de chez nous. Avant il m'aidait à faire mes devoirs. Avant il s'intéressait à moi et s'intéressait à ce que je pouvais ressentir moi aussi. Aujourd'hui c'est chacun pour soi, sauf bien sûr quand il a besoin de mon aide pour enlever ses victimes et m'occuper

d'elles en son absence. Personne ne peut comprendre pourquoi je fais ça pour lui. Encore plus vue la façon dont il me traite. Mais moi aussi je souffre de l'abandon de ma mère, moi aussi secrètement j'aimerais qu'elle revienne et qu'on reforme cette belle famille qu'on avait il y a quelques années.

Encore devant le match, mon père se lève en prenant bien soin de finir sa canette de bière. Il la laisse sur la table basse et enfile sa veste.

- A demain, me dit-il en fermant la porte derrière lui.
- C'est ça, répondis-je dépité.

Je rejoins Ava quelques minutes après le départ de mon père. J'ai préparé son plateau repas, mon père avait laissé la boîte de somnifères sur le plan de travail pour que je n'oublie pas d'en mettre dans sa nourriture. Je louche sur la boite quelques secondes avant de la laisser, après tout elle a déjà assez morflé comme ça et puis mon père ne le verra pas. Je me dirige vers la cave pour rejoindre celle à qui je pense depuis mon réveil.

- Salut Ava, lui dis-je en souriant.

Elle ne me répondit pas, décidément ce n'était pas ma journée, elle était allongée sur son matelas, les yeux rouges et gonflés.

- Ça ne va pas ? lui demandé-je avant de réaliser ma bourde.

Ma question est débile, comment veux-tu qu'elle aille bien, menottée à une gouttière dans une cave, Zack, sérieux ?

- Désolé c'est débile ce que je viens de dire.

Je me pose à côté d'elle, je n'ai qu'une seule envie, la prendre dans mes bras pour ne plus la voir triste.

- Je préfère être seule ce soir, s'il te plaît.

Je la trouve bizarre. Enfin je comprends que compte tenu des circonstances elle puisse ne pas être heureuse. Mais d'ordinaire, elle me parle, parfois elle m'engueule même, mais là rien. Elle vient de se réfugier sous la couverture. Je me relève et la laisse, acceptant sa décision à contrecœur. Je m'installe à mon bureau essayant tant bien que mal de me concentrer sur mes révisions. Mais bien sûr mes pensées lui sont destinées. Je commence à comprendre qu'elle a un effet sur moi, un effet que je n'avais jamais ressenti avant elle.

Chapitre huit.

Ava.

Je me sens toujours aussi faible, j'ai l'impression de passer mon temps à dormir, ma tête est lourde et mon corps affaibli. Allongée sur le flanc, je rapproche mes genoux de mon torse difficilement. D'énormes battements rugissent dans ma tête, je frotte mes tempes pour essayer d'évacuer ce mal de tête.
Zack atterrit devant moi une nouvelle fois avec une assiette de pâtes.
La scène qui s'est produite avec son père il y a quelques jours me trotte encore en tête. Pourquoi m'avait-il confondu avec sa femme ? Je veux en savoir un peu plus,

comprendre s'il y a un rapport avec moi et toutes ces autres filles qui ont souffert par sa faute avant moi. Je commence à chercher les questions que je pourrai poser à Zack subtilement.

- Il y a quelque chose que je me demande depuis quelques jours… commençais-je sans prendre la peine de me relever pour être à sa hauteur.
- Dis-moi, dit-il en se posant à mes côtés.
- Vous vivez seuls avec ton père ?

Son regard se changea, il baissa la tête.

- Oui.
- Et ta maman ?

Je sens que ma question est un sujet sensible pour lui. Je l'entends déglutir, de longues secondes passent. Mon regard toujours posé sur lui, il se gratte les cheveux et souffle un grand coup avant d'enfin répondre à ma question.

- Elle nous a abandonné il y a cinq ans maintenant.
- Je suis désolée.
- Elle est partie avec un autre homme, plus beau, plus riche que mon père. Mais il reste persuadé qu'elle va revenir…
- Cela fait cinq ans qu'il est comme ça ?

- Je ne peux pas te dire pourquoi il fait ça, moi-même je n'arrive pas à comprendre, il n'a jamais voulu m'expliquer, mais tout ça c'est à cause de ma mère. C'est depuis son départ qu'il est devenu fou, j'ai fait quelques recherches sur internet et d'après ce que j'ai compris il a subi une espèce de choc, comme s'il ressent le besoin de détenir une jeune femme, il doit penser que c'est de sa faute si elle est partie...
- En gros il est devenu totalement fou à cause de ta mère. Mais pourquoi moi ? Pourquoi toutes ces filles en particulier ?
- Parce que tu ressembles à ma mère.
- Tant que ça ?
- Bien sûr, la même couleur de cheveux, les yeux aussi, elle avait aussi le même physique que toi...

Quelle idée ai-je eu de vouloir me foncer les cheveux avant ma rentrée, si je les avais laissés naturels comme m'avait suggéré ma mère, cela m'aurait sûrement évité tout ça.

J'ai enfin les réponses à toutes ces questions qui s'accumulaient dans ma tête depuis des jours.

- Zack, ton père a besoin de se faire soigner, emmène le dans un endroit où il pourra être pris en charge.

- Je ne peux pas, j'ai déjà essayé quand il a enlevé sa première victime…
- Et ?
- Et il m'a frappé et menacé.
- Mais il a vraiment besoin d'aide, tu ne peux pas le laisser continuer à faire ça.
- Je suis son complice, si je fais savoir qu'il est fou, ils feront sûrement des recherches sur lui et il ira en prison et moi aussi. Si je le dénonce, je m'envoie en taule aussi.

Zack commence à s'en aller, énerver par notre discussion.

- Attends ! ajouté-je pour l'arrêter, tu accepterais de rester avec moi ? A part dormir et penser, il n'y a rien à faire de palpitant dans cet endroit, j'ai besoin de compagnie.
- Je suis désolé pour toi.
- Pas au point de m'aider à sortir de là !
- Je ne peux pas.
- Bien sûr que si.
- Si je le fais mon père me fera passer un sale quart d'heure !
- Alors, il vaut mieux qu'il me tue c'est sûr.

- Ecoutes, moi je ferais tout pour qu'il ne t'arrive rien.
- Tu as dit ça aux autres aussi ?
- Non, tu n'as rien à voir avec les autres et tu le sais.
- Non je ne le sais pas, il suffirait juste qu'on disparaisse tous les deux !
- Je ne laisserai pas tomber mon père.
- Mais putain c'est un tueur !
- Il reste mon père quand même ! Si c'est pour que l'on discute de ça autant que je parte.
- C'est bon, j'arrête, mais prends-moi dans tes bras s'il te plaît.

Il le fait sans discuter, c'est fou comme ses bras peuvent m'apaiser, je ne peux dire combien de temps nous restons comme ça mais qu'importe, je me sens bien et je sens que lui aussi, c'est tout ce qui m'importe.

Chapitre neuf.

Je me trouvais une nouvelle fois avec Zack, il venait de m'apporter mon repas aussi dégueulasse que les autres fois, mais cette fois-ci je mourais tellement de faim que je pris sur moi, pour me nourrir un peu. Alors que je m'infligeais d'avaler les pâtes, Zack lui, étudiait ses cours pour le lendemain. C'est moi qui lui avais donné l'idée, cela lui évitait de perdre du temps et moi cela m'occupait. J'aimais aussi lire ses bouquins de cours, ça me faisait passer le temps. Mais ce soir je n'arrivais pas à me concentrer, cela faisait quelques minutes je pense que le téléphone de Zack n'arrêtait pas de sonner.
- Je ne savais pas que tu avais autant d'amis.
- C'est juste parce que c'est mon anniversaire.
- Vraiment ? Bon anniversaire alors !

- Merci.
- Et tu as quel âge du coup ?
- Vingt ans.
- Vingt ans ? Et tu restes là, au lieu d'aller fêter ça toute la nuit ?
- Alors, déjà nous sommes mardi, donc je doute que qui que ce soit ait envie de sortir.
- Désolée, je n'ai vraiment plus la notion du temps.
- Je sais bien et de plus je ne suis pas trop « sorties ».
- Tu n'aimes pas sortir avec tes amis ? Je veux dire aller boire un verre, aller au cinéma ou en boîte de nuit ?
- Très peu pour moi et puis je suis censé te surveiller toute la nuit.

Je lève mon poignet emprisonné.

- Tu sais je ne vais pas aller très loin.
- Je n'ai pas envie de te laisser seule.
- Pourtant je le suis bien la journée, alors tu sais…
- Raison de plus pour rester avec toi toutes les nuits le plus possible.
- Et quand est-ce que tu trouves le temps de dormir avec tes études ? lui demandais-je.
- C'est compliqué en ce moment, on va dire que je dors plus en cours qu'ici.

- Tu ne devrais pas laisser tes études de côté.
- Ne t'en fais pas pour moi.
- Si justement, je ne veux pas que tu aies la même vie que ton père, tu mérites d'avoir mieux, de t'en sortir.
- C'est fou quand même, tu es ma prisonnière et tu prends soin de moi, t'es vraiment bizarre comme fille.
- Alors déjà je suis la prisonnière de ton père et ensuite je prends cela comme un compliment.

Il me fait un petit sourire. Qu'est-ce que j'aime quand il me regarde comme ça. Et puis merde j'ai envie de lui dire, après tout si je dois finir mes jours je n'ai rien à perdre à dévoiler mes sentiments pour lui.

- Tu sais Zack, plus le temps passe et plus je me sens proche de toi.
- Ava, tu es la prisonnière de mon père et je suis son complice.
- Mais tu n'es pas comme lui.
- Arrête de me défendre, c'est moi qui t'ai enlevée après que mon père t'a renversée.
- Mais contrairement à lui, tu as des remords.
- Je reste un connard quand même.
- Non, continuais-je en me rapprochant de lui.
- Je me déteste de te faire subir ça...

Je décide de changer de sujet, et la première chose qui me vient en tête c'est de savoir quel jour on est. Je ressens ce besoin sans cesse de me repositionner dans le temps.
- Nous sommes le combien ? demandais-je perdue dans le temps.
- Le 23.
- Décembre ?
Il acquiesça.
- Noël…
C'est le seul mot que je peux sortir d'entre mes lèvres.
- Quoi Noël ?
- Je vais manquer Noël avec ma famille, pour la première fois.
- Je suis désolé.
Je comprenais que pour lui c'était un soir comme les autres mais pour moi c'était un moment important. Chaque fin d'années j'aimais habiller ma maison de décoration, faire mon sapin avec mon petit frère, organiser le repas avec mon père pour le soir propice.
Ma famille me manque terriblement et j'ai envie d'en parler avec Zack.
- Tu crois que ma famille me recherche.

- Bien sûr que oui.
- Alors pourquoi personne ne m'a encore trouvée ?
- Nous sommes loin de tout, ils n'ont aucune raison de venir chercher par ici.
- Alors je vais vraiment mourir ?

Il baisse la tête, il s'en va, je le regarde en larmes monter les escaliers. Quelques instant plus tard il les dévale cette fois-ci deux par deux.
- Je vais te montrer quelque chose, regarde ça !

Il appuie sur lecture, je découvre mes parents et Adisson sur l'écran.

« Il faut nous aider à retrouver notre fille, aidez-nous s'il vous plaît ! »

« Je veux retrouver ma sœur… »

Ils sont tous les trois en pleurs devant plusieurs caméras et journalistes, je ne pensais pas que mon absence avait pris autant d'envergure.
- Je veux les retrouver, je t'en supplie aide-moi à sortir d'ici, dis-je sans quitter les visages sur l'écran que je tenais fermement.

- Je ne peux pas, j'aimerais t'aider mais je ne peux pas !
Je m'éloigne de lui d'un coup.
- Arrête de me dire que tu aimerais m'aider, c'est faux. Si tu le voulais vraiment je serais dehors et j'aurais repris le cours de ma vie depuis longtemps.
- Je suis dans la même merde que toi.
- Sauf que toi tu n'es pas enchaîné, tu n'es pas enfermé dans une cave depuis je ne sais combien de temps. Toi, tu peux voir le monde extérieur, tu peux parler à des gens, dormir dans ton lit. Toi, tu peux vivre, moi non, je suis juste une prisonnière.
- Crois-moi Ava, si je le pouvais je te sortirais de là. Je nous sortirais de là !
- Alors fais-le ! criais-je de tout mon cœur.
- Tu sais tu as de la chance, les autres ne sont pas restées aussi longtemps en vie.
- Et je dois me sentir privilégiée c'est ça ?
Est ce qu'il se rendait vraiment compte de ce qu'il venait de me dire ?
Il se stoppe devant moi pendant quelques secondes, son regard cristallisée dans le mien. J'attends, j'attends de voir s'il est prêt à agir. Si là, maintenant il sera assez courageux pour une fois. Mais rien, il préfère s'en aller

et me laisser seule encore une fois. Cette fois ci je ne m'attends plus à rien venant de lui. En larmes, la gorge nouée pour changer, je rapproche un peu plus mes genoux de ma poitrine. Mon corps me brûle, certaines de mes blessures me brûlent encore et pourtant je meurs de froid, enfouie dans ma couverture. Je pense à ma famille, je m'évade comme je peux dans mes souvenirs de famille.

Chapitre dix.

Je me sentais de plus en plus affaiblie et dans ma tête c'était un brouillard monstre. Je voulais appeler Zack à l'aide, mais ne sachant pas quelle heure il était, je ne voulais pas prendre le risque de tomber sur le monstre.
- Ava, il faut que je te raconte quelque chose…
Je reconnaissais sa voix, il se rapprochait de moi mais mon corps était incapable de se soulever pour m'asseoir.
- Zack, je n'en peux plus…
- Qu'est-ce qu'il y a Ava ? me demanda-il en posant l'assiette au sol d'un geste brutal laissant tomber quelques pâtes à côté.
- Mais regarde-moi putain, je ne suis plus qu'un sac d'os, je ne ressemble plus à rien, je mange à peine, je

n'ai plus respiré d'air frais depuis je ne sais combien de temps, je suis attachée comme un vulgaire animal, je deviens folle, je n'en peux plus vraiment...
- Ava...
Il ne savait pas comment réagir et moi mon corps me lâchait un peu plus...
- Je vais mourir Zack, je le sens !
Mon souffle était de plus en plus saccadé, je posais mes mains sur mon thorax, des tremblements commençaient à prendre en otage mon corps, une boule grossissait dans ma gorge. Je comprenais que je faisais une crise de panique. Il m'arrivait souvent d'en faire quand j'étais petite, quand je n'arrivais pas gérer ma peur. Et seuls mes parents savaient comment être avec moi quand je me retrouvais dans cet état.
- Zack, aide-moi ... dis-je difficilement.

Zack.

Je restais stoïque devant Ava, je ne savais pas quoi faire. Je commençais à faire les cent pas, je lui servais un verre

d'eau avec mes mains tremblantes. Je me rapprochais d'elle et soulevais sa tête pour la poser sur mes genoux.
- Essaye de boire Ava, dis-je en lui portant le verre à ses lèvres.

Elle continuait de paniquer, je lui caressais les cheveux pour essayer de l'apaiser. Elle avala une gorgée d'eau laissant une goutte couler sur le coin de sa bouche, je lui essuyais avec mon pouce.
- Calme-toi, je suis là.

Sa respiration reprit un rythme normal peu à peu, ce qui me rassurait, je soufflais un grand coup pour reprendre mes esprits, attendis quelques minutes pour être sûr qu'Ava s'apaisait.
- Tu vas mieux ?
- Oui, merci.
- Je voulais te parler de quelque chose…

Elle souleva son visage de mes genoux et s'assit en face de moi en s'appuyant comme elle le pouvait sur le matelas.
- Tu sais moi je n'ai pas fêté cette fête depuis que ma mère est partie, mon père travaille. A chaque fois, je le passe seul chaque année, notamment ce soir…
- Ça doit être dur…

- Le premier oui, je t'avoue que j'étais mal, mais ce soir je veux te proposer qu'on le fasse ensemble...
- Sérieusement ? demandais-je.
- Oui, d'ailleurs j'ai une surprise pour toi, mais ne t'attends pas un truc exceptionnel...

J'attendis avec impatience qu'il me donne ce qu'il m'avait prévu.

- C'est un cadeau pour toi.
- Un collier ?

Elle était ébahie devant mon cadeau, on en oublia tous les deux ce qui s'était passé il y a encore quelques minutes.

- Il appartenait à ma mère, elle l'a oublié, je l'ai récupéré, mon père n'est pas au courant je le cache sous mon oreiller.
- Tu m'offres le bijou d'une personne que tu détestes ?
- Je ne voulais pas te le donner dans ce contexte, même si je n'accepte pas ce qu'elle a fait, elle reste ma mère et je l'aimerai toujours. Je garde en tête de bon souvenirs avec elle quand même...
- Tu pourrais m'en raconter ?
- Et bien, par exemple je me souviens que tous les soirs quand j'étais petit elle venait s'allonger dans mon lit

avec moi et me raconter toutes les histoires de Disney. Ne te moque pas mais oui j'étais fan des Disney plus jeune. J'aborde un sourire en même temps en y repensant. Elle venait me chercher à l'école tous les vendredis soir avec un goûter qu'elle achetait à la boulangerie et parfois même elle m'accompagnait au parc…
- Enfin bref, ce collier reste important pour moi.
- C'est pour ça que tu devrais le garder pour toi.
- Tu me vois le porter ?
- Bien sûr que non, répondit-elle en rigolant, mais tu pourrais l'offrir à ta future femme plus tard ?
- J'ai envie que tu l'aies toi.
- Tu n'es vraiment pas obligé.
- Tu ne le veux pas ?
- Si bien sûr, merci beaucoup Zack.

Ava se rapproche de moi pour me remercier avec un câlin, je ressens encore les papillons s'agiter dans mon ventre dès que je suis en contact avec sa peau.

Elle ne veut pas le mettre autour de son cou par peur que mon père découvre le cadeau, elle le met dans la poche de sa jupe.

- J'en prendrai soins, mais par compte je n'ai pas de cadeau pour toi.

- Sérieux ? Je suis déçu…

Elle sourit à ma réflexion. Son sourire est ma seule victoire.

Chapitre onze.

- Ah ! Voilà enfin mon rayon de soleil, dis-je en voyant Zack descendre.
- Quel accueil !
- Je n'ai pas le droit à des pâtes ce soir ?
- Tu sais quel jour on est aujourd'hui ?
- Bien sûr, j'ai même mon calendrier pour compter mes jours de séquestration.
- Désolé, j'arrête pas de dire de la merde.
- C'est moi qui te perturbe autant ?
- Ne va pas croire ça, non, plus sérieusement, nous sommes le trente-et-un décembre et je veux te proposer qu'on le fasse tous les deux.
- Pourquoi pas, je n'ai rien prévu d'autre.

J'atterris dans le salon pour la seconde fois, je peux remarquer que le ménage a été fait depuis la dernière fois.

- Qu'est-ce que tu aimerais faire ? me demande Zack.
- Je ne sais pas trop, qu'est-ce que tu me proposes ?
- …
- J'ai le droit à une douche ? Parce que j'en peux plus de cette odeur.
- Si tu veux oui, tu sais où c'est.

Je le remercie et me précipite, je ferme derrière moi, fouille pour trouver une serviette propre et me déshabille, je fais face à mon corps nu devant le miroir, mes côtes ressortent tellement et mes cuisses sont devenues de vrai cure dents, je me trouve dégueulasse.

L'eau chaude coule sur ma peau, je peux enfin me débarrasser de cette horrible odeur. Je me débarrasse de l'élastique de mes cheveux, les démêle comme je peux avec mes doigts, ils sont horriblement gras et puent autant que mon corps. Des cheveux glissaient le long de mon dos pour atterrir à mes pieds. Je passe mes mains sur mon visage pour enlever l'eau qui m'empêche d'ouvrir les yeux et cherche un gel douche. Je prends le premier que je vois. En ouvrant la bouteille, je reconnais de suite l'odeur de Zack, je prends une énorme dose dans la paume de main et j'étale avec soin le gel douche doucement sur mon corps pour que mes blessures ne me fassent pas mal.

J'attrape mes vêtements que j'ai laissés sur le sol. Je les passe sous la douche avec moi et les nettoie avec le gel douche aussi. Tant qu'à faire, autant tout nettoyer.

- Zack ? criais-je en sortant ma tête par la porte.
- Tu n'es pas obligée d'hurler, je suis juste à côté.
- J'ai nettoyé mes affaires mais du coup je n'ai plus rien à me mettre.
- Je reviens.

Il me ramène un sweat et un short, je les accepte avec plaisir et referme la porte pour m'habiller. J'étale mes affaires comme je peux dans la pièce pour les laisser sécher dans la nuit.

De nouveaux dans le salon, je peux sentir une odeur de pizza qui me plaît bien.

- Vu que je suis une merde en cuisine, j'ai préféré acheter des pizzas.
- Ça me va, ça va me changer des pâtes infâmes que vous me forcez à manger depuis des jours et des jours.
- Mes fringues te vont bien !
- C'est vrai, tu me trouves sexy comme ça ?

- Y'a mieux mais bon...
- Connard ! D'ailleurs il faudra que tu te rachètes du gel douche, je l'ai vidé entièrement.

Nous rigolons tous les deux et nous nous installons face à face à la table de la cuisine. Je prends une première part de la pizza aux quatre fromages et déguste avec plaisir ma première bouchée.

- Qu'est-ce que c'est bon, dis-je en fermant les yeux pour mieux savourer.

Cela me fait du bien de me trouver dans un autre cadre avec Zack. Plus le temps passe et plus je le vois différemment. Il est moins froid, plus attentionné, je veux encore en savoir plus sur lui, toujours plus.

- J'ai une question...
- Tu as toujours des questions, c'est dingue ça.
- Tu as déjà eu des petites amies ?
- Pourquoi tu veux tout savoir sur moi ?
- Je suis très curieuse.
- Oui, quelques-unes, mais apparemment les garçons trop mystérieux ça ne plaît pas à temps plein pour les filles.
- Tu as toujours été comme ça ?

- On va dire que je le suis devenu au fil des années, c'est compliqué d'expliquer ma vie de famille ou encore plus d'emmener une fille chez moi, alors elles me lâchent vite à chaque fois.

Nous passons le reste du repas, enfin de la pizza, à parler de nos vies amoureuses, toutes aussi passionnantes les unes que les autres. Il faut dire que les miennes se résument à quelques jours de flirts, rien d'autre. Je n'ai jamais eu de relation sérieuse et je me rends compte que Zack est comme moi.

- Alors maintenant que tu es toute propre, que tu as bien mangé, qu'est-ce que tu veux faire ?
- Tu n'aurais pas Netflix par hasard ?
- Qui ne l'a pas ? me demande-t-il en retour avec un sourire en coin.

J'aide Zack à débarrasser la table, il ne faut pas qu'on laisse des traces de ma venue dans la maison.

Je suis Zack jusqu'à sa chambre, je découvre enfin son univers. Des posters d'artistes recouvrent ses murs, son bureau est rempli de bouquins de ses cours, son lit est défait, sa couverture mise en boule. Je tombe dans une véritable chambre d'ados.

- Alors tu voudrais regarder quoi ?

Zack se pose sur son lit et démarre son ordinateur portable.

- Ma série préférée, j'ai dû louper tellement d'épisodes depuis.
- Et c'est quoi ?
- Riverdale.
- Sérieux ?
- Bien sûr, pourquoi ?
- C'est nul.
- Je crois entendre mon petit frère.
- Au moins ça veut dire qu'il a bon goût.
- C'est sûr que quand je vois ta chambre, je vois que vous avez beaucoup de choses en commun…
- Bon allez, viens t'installer, ça va commencer, me dit-il en tapotant son lit.

Je m'installe et me couvre avec sa couverture, Zack éteint la lumière et met la série en route en s'installant auprès de moi.

Concentrée devant mon couple préféré de la série, j'oublie pendant quelques heures l'enfer que je vis.

Zack.

Je vois Ava s'endormir peu à peu devant l'ordinateur, elle est tellement belle, je stoppe la série me sentant partir dans les bras de Morphée moi aussi. Je pose l'ordinateur par terre à côté de mon lit, jette un coup d'œil sur mon téléphone. Il est plus de deux heures du matin, nous n'avons même pas pensé au nouvel an. C'est fou comme le temps passe vite à ses côtés. Je m'allonge correctement et commence à caresser les cheveux d'Ava. Elle bouge et se blottit contre moi, sa tête sur mon torse, je m'endors en écoutant sa respiration.

Je crois bien que je suis en train de tomber amoureux d'elle.

Chapitre douze.

Pour la première fois depuis des semaines je suis heureuse de me réveiller, je me trouve enveloppée dans les bras de Zack, mon dos collé contre son torse nu chaud. J'ouvre les yeux tout en caressant du bout de mes doigts l'un de ses bras qui entoure ma taille. J'aime son odeur, je me sens en sécurité près de lui, je n'ai plus l'impression d'être une prisonnière. Cela fait une heure que j'attends qu'il se réveille. C'est bête mais de voir l'heure en face de moi me fait un bien fou. Je peux enfin situer ce que je vis dans le temps. Je me suis retournée pour lui faire face et l'admirer en plein sommeil. Je ne l'avais jamais vu aussi paisible, mes doigts se sont déplacés vers son visage. Je décide sur un coup de tête de me lever et de laisser Zack dormir encore. Je veux le remercier à ma façon de m'avoir laissé une certaine liberté pour la nuit en lui préparant un petit déjeuner comme je les aimais. Je passe par la salle de bain pour reprendre ma tenue toute sèche. Je pose les affaires de Zack sur la chaise et je passe un coup d'eau sur mon visage. En m'approchant de la cuisine, je ne m'attendais pas à trouver autant de nourriture dans les placards et le réfrigérateur avec tous les repas seulement remplis de pâtes qu'ils ont osé me donner depuis le début de ma captivité. Je mets sur la table tous les ingrédients dont j'aurais besoin pour mes préparations, j'ai envie de crêpes, de pancakes, d'œufs, de fruits…

Alors que je suis en pleine cuisson de mes œufs brouillés je vois Zack arriver en panique dans la cuisine, il vient de finir d'enfiler son t-shirt quand il m'aperçoit.

- Avoue, tu as eu peur que je me sois évadée ? demandé-je amusée de la situation.
- Du tout, dit-il en souriant.
- Vraiment ?
- C'est vrai que l'idée m'a traversée l'esprit.
- Et pourtant je suis là.
- Tu aurais pu partir.

- Tu m'as dit que cet endroit est paumé, que je serai incapable de retrouver ma route et puis je ne compte pas partir sans toi.

Il me sourit et se rapproche de moi.//
- Qu'est-ce que tu fais ?
- Cela ne se voit pas, je nous prépare un bon petit déjeuner.
- Ça sent bon en tout cas.
- Merci.

Zack se colle à moi tout en me regardant cuir les œufs, sa tête au-dessus de la mienne.
- Tous les dimanches ma mère et moi préparions un énorme buffet et après nous nous installions tous ensemble devant un film. J'espère qu'un jour je pourrais revivre ce genre de moment.

Alors que Zack s'apprête à me répondre nous entendons une voiture rouler sur les gravillons.
- Merde, c'est mon père, il faut que tu y ailles.
- Ne me dis pas que j'ai fait tout ça pour rien !
- Je t'en apporterai plus tard.

Je laisse mes œufs et me précipite vers la cave, nous entendons tous les deux la porte de la voiture claquer. Zack referme la porte derrière moi et je descends les marches pour aller me rattacher à la gouttière.

Zack.

Après avoir refermé la porte de la cave, je me précipite vers la gazinière pour l'éteindre, je mets un torchon sur une de mes épaules pour faire croire à mon père que c'est moi qui avait préparé tout ça.
- Salut mon fils, commence mon père en passant le pas de la porte.
- Salut.
Je mets les œufs dans un plat et les ajoute aux autres préparations sur la table.
- Pourquoi tu as fait tout ça ?
- J'avais envie de cuisiner ce matin.
En regardant la table de plus près, je peux voir qu'elle est remplie, Ava avait préparé des crêpes, grillé du bacon, fait une corbeille en rassemblant tous les fruits… J'aurais tellement aimé déjeuner avec elle plutôt que d'avoir affaire à mon père qui ne fait même pas attention à tout ça.
- Je vais bientôt me débarrasser d'elle.

Je me stoppe, il me dit ça tout en mangeant une crêpe et en louchant sur le courrier.
- Pourquoi ça ?
- J'ai trouvé une autre fille, elle ressemble encore plus à ta mère.
- Papa, tu ne penses pas que tu devrais arrêter ?
- Où tu veux en venir ?
- Tu ne veux pas reprendre ta vie en mains, sortir, voir tes amis ?
- Qu'est-ce que tu me fais là ?
- Tu vois bien que ça ne sert à rien ce que tu fais ? Tuer, torturer toutes ces filles ne fera pas revenir maman.
- Elle reviendra !
- Tu crois vraiment ? Est-ce qu'une seule fois tu t'es imaginé sa vie maintenant ? Parce que moi je la connais tu vois et, sois en sûr, elle a une vie de princesse grâce à son nouveau mec. Que tu le veuilles ou non elle nous a oubliés, toi comme moi.
- Tu mens, elle va revenir, elle ne peut pas laisser tomber sa famille.
- Ça fait cinq ans qu'elle l'a laissée tomber sa famille. Là, en ce moment elle se dore la pilule sur une île paradisiaque parce qu'elle a préféré aller dépenser l'argent

de son millionnaire plutôt que d'assumer son rôle de mère et de femme. C'est juste devenu une salope c'est tout…

Je regrette de suite mes dernières paroles, ma haine avait pris le dessus, je pensais avant tout à protéger Ava. Mon père ne perd pas de temps à lancer son premier poing dans mon visage, il s'enrage et me frappe de toutes ses forces.

- Respecte ta mère !

Il répète cette phrase des dizaines de fois tout en continuant de me frapper sur toutes les parties de mon corps. Après des minutes de massacre mon père m'abandonne pour se réfugier dans sa chambre me laissant seul au milieu de la cuisine. J'agonise, j'ai mal partout, je sens du sang se propager sur mon visage, mon corps ne me répond plus. Je suis incapable de me relever.

Chapitre treize.

Le noir tombe de plus en plus, ce qui veut dire que Zack va bientôt arriver et que son père sera loin de moi et de cette maison.
- Je t'ai attendu pour savourer le petit déjeuner que j'avais prépa...

Je n'ai pas le temps de terminer ma phrase quand j'aperçois les marques sur le visage de Zack. Le peu de lumière qu'il y a dans la cave peut m'aider à apercevoir sa lèvre enflée et le bleu qui maquille sa joue.
- Qu'est-ce qu'il t'est arrivé ? demandais-je inquiète.
- Rien, ne t'en fait pas, me répond-il en s'asseyant à côté de moi sur le matelas.
- Tu as vu ton visage ?

Je passe ma main sur sa joue abîmé par les coups.
- J'ai voulu le faire réagir encore une fois et il ne l'a pas accepté.
- C'est pour cela qu'il s'est acharné sur toi comme ça ?
- Dès que je veux lui faire comprendre que ma mère ne reviendra pas, il s'énerve.
- Tu penses qu'elle ne reviendra jamais ? demandais-je intrigué.
- Elle a une vie de rêve maintenant, pourquoi elle reviendrait dans ce trou perdu avec un mari criminel et un fils bon à rien. Par moment je la comprends...
- Tu n'es pas un bon rien, Zack.

Le regard dans le vide, il ne sait quoi me répondre.
- Allez détache-moi, je vais soigner tout ça.
- Non, ne t'en fais pas, je vais le faire tout seul, me répondit-il en sortant de ses esprits.
- Zack ! C'est un ordre, dis-je en restant la plus crédible possible.

Il s'exécuta, je me massai le poignet, la marque de la menotte se voyait de plus en plus. Je prends Zack par la main pour l'aider à se lever du matelas et le conduit jusqu'à la salle de bain. Je l'aide à s'installer.

Je prends dans le placard de quoi soigner Zack.

- Décidément, on se retrouve encore dans cette salle de bain.
- Sauf que cette fois-ci, les rôles ont changé.

Je hausse les épaules et commence à nettoyer les quelques marques de sang séché sur son visage.

- On va partir !

Je m'éloigne d'un coup de lui sous le choc de ce qu'il vient de m'annoncer. J'y crois à peine, je suis même prête à le faire répéter mais son regard fixé dans le mien m'en empêche. Il est sérieux, il veut que l'on parte tous les deux, je vais enfin être libérée.

- Comment on va faire ?
- Tu me fais confiance ?
- Bien sûr que oui, répondis-je sans hésiter un instant.
- Je vais chercher une solution, il ne suffit pas de partir tous les deux, il faut que je trouve un moyen pour qu'il ne s'en prenne plus à nous, une fois dehors.

Il prend mon visage entre ses mains. Qu'est-ce que je peux aimer quand il fait ça, même si ses mains sont quelque peu abîmées, elles sont toujours aussi douces et provoquent comme d'habitude une vague de chaleur en moi incontrôlable.

- On va s'en sortir, je ne veux plus te faire endurer ça.

- Et pourquoi ?

J'attendais qu'il exprime ses sentiments, qu'il me prouve que l'on ressent la même chose l'un envers l'autre.

- Parce que tu ne le mérites pas.

Mon visage se décompose et il le remarque, il retire ses mains, je continue de soigner ses blessures.

- Quoi ?
- Rien, laisse, dis-je froidement.
- Dis-moi.
- Est-ce qu'un jour tu comptes me dire ce que tu ressens pour moi ? lui demandais-je tout en changeant de coton.
- Ce n'est pas si simple.
- Je sais, mais oublie la situation le temps de quelques minutes et montres-moi que notre relation a une importance pour toi.
- Pourquoi veux-tu l'entendre ? Tout ce que j'ai fait pour toi ne prouve pas que je tiens à toi ?

Mon cœur bat la chamade à l'entente de ces mots.

- Tu es contente ?

Je lui lance un regard interrogateur.

- Cela ne compte pas pour toi ?
- Ce sont juste des mots, c'est bien un truc de filles ça.

- De quoi ?

- Toujours vouloir entendre des compliments pour être rassurée.

- Je pensais être différente des autres.

- Là-dessus toutes les filles sont les mêmes.

Nous nous mettons à rire tous les deux quand je remarque du sang sur son t-shirt, ce qu'il remarque aussi en baissant la tête.

- Ne t'en fais pas, je vais m'en occuper.

- Quoi ? Tu ne veux pas te retrouver à moitié nu devant moi ? J'ai bien dû le faire il y a quelques temps.

Il se mord la lèvre inférieure et se décide à enlever son haut rempli de sang. C'est la première fois que je le vois torse nu, ses plaies sont monstrueuses, les nouvelles comme les anciennes. Il est rempli de bleus, de cicatrices, il est abîmé de partout, autant à l'extérieur qu'à l'intérieur. Mon regard replonge dans le sien, son visage se rapproche peu à peu alors que l'une de mes mains continue de nettoyer le sang presque séché. Ses lèvres touchent enfin les miennes. Elles ont un goût de cet horrible liquide rouge, mais cela ne me dégoute pas, bien au contraire. J'ai tellement attendu ce premier baiser entre nous. Nos baisers se font de plus en plus langoureux et nos corps de plus en plus chauds. Je laisse tomber ma mission et posa mes mains sur son cou, les siennes s'installent timidement sur mes hanches.

- Attend Ava… commence-t-il entre deux baisers, il vaudrait mieux que l'on en reste là, on s'est fait prendre une fois par mon père, ça suffit pour aujourd'hui.
- Ton père est parti tu me l'as dit toi-même, répondis-je en cherchant ses lèvres avec les miennes.

Je ne veux pas que ce si beau moment s'arrête.

- Il peut revenir à n'importe quel moment.
- Tu as raison, dis-je déçue.

Je m'éloigne de lui et ses mains me lâchent, je termine de nettoyer les quelques plaies qui restent. Je range les produits à leur place et jette les cotons plein de sang. Je quitte la salle de bain pendant que Zack se rhabille.

- Attends…
- Je connais le chemin, pas besoin de m'accompagner, dis-je encore déstabilisée par ce qu'il venait de se passer.
- C'est juste que je pensais rester avec toi encore un peu.
- Tu t'ennuies c'est ça ? demandais-je froidement.
- Non, j'ai juste envie d'être avec toi.

Zack.

Je m'allonge sur ce miteux matelas, il ne vaut pas mon lit c'est sûr, mais ce soir je veux juste être en sa présence. Pendant qu'Ava qui se trouve dans mes bras me raconte ses souvenirs d'enfance, je cherche une solution pour que nous partions tous les deux. Selon les dires de mon père, Ava n'en avait plus que pour quelques jours et je ferai tout pour la protéger comme je le pourrai. Elle est tellement différente, je me refuse de lui faire vivre cet enfer plus longtemps.

Chapitre quatorze.

Ava.

Je me réveille dans les bras de Zack, cette nuit dans la cave fut la meilleure, je mets du temps avant de me rendre compte qu'il fait jour, je dois le réveiller avant que son père arrive.
- Zack, il faut que tu te lèves.
Il ronchonne avant de me serrer un peu plus fort dans ses bras, je m'y sens tellement bien. Je reste bloquée à l'admirer dormir, il est tellement craquant, mais la porte de la cave s'ouvre ce qui me fit sortir de ce si beau moment. Je panique et secoue Zack le plus fort possible. Mais il

est trop tard Jorge vient de dévaler les escaliers et de nous découvrir dans les bras l'un de l'autre.
- Zack ! hurle-t-il.
Il se lève d'un bond, nous regardons tous les deux son père, ses poings serrés et son regard noir me ramène au moment où Jorge m'a tabassée. Je sais que dans les secondes qui vont suivre, une scène d'horreur se produira dans cette cave.
Il ouvre la bouche et s'apprête à dire quelque chose avant que Zack se lève pour se rapprocher de lui.
- Ecoute Papa…
Il n'a pas fini sa phrase que son père le frappe au visage. Je me lève à mon tour pour lui porter secours, son nez est en sang.
- Pousses-toi de là, ton tour va arriver.
Il jette des cartons installés à quelques centimètres de nous et m'étale au sol.
- Laisse-la ! s'impose Zack en voulant lui donner un coup à son tour, qu'il loupe.
Son père lui, ne rate pas son prochain coup, ni celui d'après et d'autres encore.
- Alors comme ça tu te la tapais !

Je reste allongée au sol toujours à la même place à regarder Zack souffrir pour moi, Jorge s'acharne sur son fils, des coups de poings et des coups de pieds s'enchainent sur son corps.
- Maintenant, je vais m'occuper de toi.
Il sort un couteau de sa poche et s'approche doucement de moi en riant. Zack est allongé sur le matelas, il ne bouge pas, j'ai beau crier son prénom, il ne réagit pas. Je fonds en larmes, je crie de peur, ce monstre continue de s'avancer dans ma direction et Zack est probablement mort des coups donnés par son propre père. Il lève le bras avec le couteau dans la main et me le pointa dessus. Je cache mon visage avec mes bras par réflexe et une énorme douleur rentre en moi. Ma cuisse, il vient d'enfoncer son couteau dans ma cuisse, je n'ose pas regarder et crie, le suppliant de me laisser tranquille. Ce monstre continue de rire comme si tout cela ne l'atteignait pas.
- Tu vas finir comme les autres, enterrée dans mon jardin ! me dit-il en rapprochant son visage du mien.
Je sens son haleine remplie d'alcool et de tabac. Cette odeur m'écœure, mais ce n'est rien par rapport à ma cuisse en sang, je ne regarde toujours pas ma plaie mais j'ai posé mes mains dessus. Je touche le couteau qui est

planté dans ma chair. J'essaye tant bien que mal de le retirer, c'est ma dernière chance de m'en sortir, il est hors de question je finisse comme les autres.
- Papa !
L'homme debout devant moi se retourne et reçoit un coup de casserole dans le visage ce qui l'assomme sur-le-champs. Il tombe sur ma jambe encore indemne, Zack est maintenant face à moi, dans un sale état.
- On ne doit pas perdre de temps.
Il me prend dans ses bras et monte les escaliers, je ne sais pas d'où lui vient cette force vu l'état de son visage et les taches de sang qui s'agrandissent sur son t-shirt. Arrivés dans son salon, il me pose sur le canapé et s'agenouille devant moi tout en regardant l'état de ma cuisse.
- Ecoutes Ava, je vais retirer le couteau, d'accord ?
Je lui fais confiance, je le laisse faire. Il retire sa chemise et la pose à mes côtés, il craque ses doigts, pose une main sur ma cuisse douloureuse et prend doucement le couteau avec l'autre. Il prend une grande inspiration, je ferme les yeux et il enlève la lame d'un coup sec. Un hurlement s'échappe de ma gorge, Zack prend alors sa chemise et s'en sert pour me faire un bandage.

Il attrape des clés et un sweat qui traine sur une des chaises de la cuisine et me porte à nouveau. Nous sortons de la maison, je ne sais pas ce qu'il a en tête. Il se précipite vers une voiture, elle doit appartenir à son père. C'est la première fois que je respire l'air frais depuis plusieurs mois. Alors ça y est, je suis enfin sortie de ma prison, mes yeux n'arrêtent pas de pleurer. Je suis perdue entre ma douleur et la joie d'être enfin loin de cette cave qui m'a retenue depuis trop longtemps. Zack me dépose sur la place du passager avant de courir et de s'installer derrière le volant. Je cherche la position idéale pour que ma jambe me fasse le moins mal possible mais il n'y a rien à faire. Qu'importe si elle est pliée ou tendue, le sang continue de couler et la douleur reste.
- Je t'emmène à l'hôpital !

Zack.

Au volant de la vieille voiture de mon père, je ne peux m'empêcher de jeter un coup d'œil sur la cuisse d'Ava. Sa blessure n'arrête pas de saigner même si elle continue d'appuyer dessus avec ma chemise. Tout en fonçant sur la ligne droite qui nous rapproche de l'hôpital, je ne trouve rien à lui dire pour la rassurer ou apaiser sa douleur. Je me contente de lui caresser ses cheveux. Je me suis souvenu que c'est la seule chose qui peut la calmer quand elle est triste.

Je m'arrête juste devant l'entrée de l'hôpital et détache Ava.
- Je vais te laisser ici.
- Tu ne viens pas avec moi ?
- C'est beaucoup trop dangereux Ava, tu es recherchée depuis des mois si on me voit avec toi, on va automatiquement me poser des questions !
- On trouvera un mensonge, ne me laisses pas seule s'il te plaît.
- Ava, penses à ta blessure, plus tu attends, plus tu perds du sang.

Elle prend un petit temps de réflexion en regardant les ambulanciers se précipiter vers un véhicule qui vient d'arriver en trombe à quelques mètres de nous. Elle écrase ses lèvres contre les miennes et descend de la voiture.

- Fais attention à toi ! me dit-elle en refermant la portière.

Je la regarde se diriger vers un des ambulanciers en boitant, je l'entends hurler demandant de l'aide. Quand je vois qu'elle est prise en charge par l'homme en uniforme je redémarre.

Cela fait plusieurs minutes que je roule sans vraiment savoir où aller, tout ce que je dois faire c'est d'aller le plus loin possible de mon père et surtout d'Ava. J'abandonne la voiture sur le bord de la route, enfile le sweat que j'avais récupéré chez moi avant de nous enfuir. J'aperçois au même moment le collier que j'ai offert à Ava sur le siège passager. Elle a dû le faire tomber de sa jupe dans l'agitation, je le récupère et sors de la voiture. Je jette les clés dans une plaque d'égout et mets la capuche de mon sweat sur la tête pour cacher au mieux mon visage bien abîmé. Je m'avance vers un arrêt de bus et attends patiemment en fouillant dans une de mes poches pour sortir les quelques pièces qui me restent. Je monte enfin dans le bus qui s'arrête juste devant moi. Je refile l'argent au chauffeur et m'assieds au fond tout en continuant de faire attention à ce que mon visage ne soit pas dévoilé aux passagers. Le bus m'éloigne un peu plus mais je n'arrête pas de penser à Ava, à ce qu'elle a pu vivre, à ses blessures. Je m'en voulais de ne pas avoir agis plutôt, mais maintenant tout est terminé. Ava va dénoncer seulement mon père mais même si je suis loin de tout soupçon, je resterais le fils d'un criminel.

Chapitre quinze.

Je me retrouve dans une chambre d'hôpital, des infirmières se relayent pour regarder ma blessure de plus près et la soigner. L'une d'entre elle m'a donné des médicaments pour atténuer un peu la douleur. Un homme en uniforme frappe à la porte de la chambre que j'occupe et qui est ouverte.
- Bonjour Ava, commence-t-il en avançant.
- Bonjour, répondis-je un peu assommée.
- Une infirmière vous a reconnue, elle nous a donc appelés pour nous avertir que vous étiez ici.
J'acquiesce ne sachant pas quoi répondre.
- Nous avons donc prévenu vos parents à notre tour, ils ne devraient plus tarder.

- Merci, dis-je en me réinstallant comme je pouvais dans le lit.
- Vous savez que vous êtes recherchée depuis quatre mois...

J'hoche la tête, le regard dans le vide, je m'imagine encore dans cette horrible cave.

- Vous pourriez m'expliquer ce qui vous est arrivé ?
- J'étais sur le chemin pour aller en cours et une camionnette m'a renversée. Un homme est sorti et m'a injecté quelque chose en me piquant dans le cou. Après j'ai eu un trou noir et je me suis réveillée menottée dans une cave où je suis restée pendant les quatre mois...

Je ne peux pas le regarder dans les yeux, pourtant je sens son regard rivé sur moi. Je reste concentrée dans ce que je raconte, à aucun moment je ne cite une autre personne que Jorge. Je ne dois pas démasquer Zack. Je lui donne le nom de mon ravisseur, ce qui l'amenait à commettre tout ce qu'il a pu faire et surtout je lui indique où se trouvent les autres victimes, qui, elles, sont bien enterrées... J'essaye surtout de lui indiquer la maison en me rappelant la route que Zack nous a fait prendre pour me déposer à l'hôpital. Je comprends qu'il note chacun de mes mots sur son petit carnet, je ne lève toujours pas le

regard vers lui. J'ai tellement peur que mes prunelles dénoncent mon mensonge.
- Et comment avez-vous réussi à venir ici avec une blessure pareille ?

On n'y avait pas pensé. Je reste figée quelques secondes le temps de trouver quelque chose de crédible.
- Je l'ai frappé quand il avait le dos tourné, il est tombé j'en ai donc profité pour m'échapper, et sur la route la plus proche j'ai croisé une voiture qui m'a déposée ici.
- Vous m'avez pourtant dit que c'était un endroit perdu, comment avez-vous pu marcher autant de temps avec votre blessure ?
- Je ne sais pas, je pense que je voulais tellement partir loin de ce monstre que j'ai dépassé ma douleur.

Il continue d'écrire tout ce que je lui raconte, j'en profite pour jeter un coup d'œil sur son visage, je n'arrive pas à savoir s'il me croit ou non.
- Ma chérie !

Je reconnaitrais cette voix entre mille, Maman, elle est en larmes devant moi. Elle me prend dans ses bras et me serre de toutes ses forces, mes larmes se joignent aux siennes. Mon père et Adisson sont là aussi juste derrière

ma mère, ils attendent leur tour pour me prendre dans leurs bras.
- Tu es là, enfin tu es là !
- Tu nous as tellement manqué.
Chacun leur tour, ils me sortent quelque chose sans prendre le temps de m'écouter, mais à vrai dire ma gorge est tellement nouée que je n'arrive pas à en sortir un seul mot. Je me contente de les regarder un par un, ils sont tous les trois en face de moi, ma famille, en chair et en os. J'ai tellement rêvé de ce moment, je l'ai imaginé de nombreuses fois dans ma prison. Mais même si je suis heureuse de pouvoir revoir mes proches, mes pensées restent pour Zack, où peut-il bien être ?
- Je vais vous laisser mademoiselle, je vous recontacterai pour qu'on puisse prendre votre déposition.
- D'accord, répondis-je simplement.
- Merci beaucoup de nous avoir prévenus, dit mon père en lui serrant la main.
- Je ne pensais pas dire ça un jour, mais tu m'as vraiment manqué, m'annonce Adisson.
- Toi aussi petite tête, mais maintenant je suis de retour et je te promets de t'embêter le plus possible pour rattraper tout ce temps perdu.

Je fais un clin d'œil à mon frère avec mon plus beau sourire. Ma mère en profite pour enlever son manteau et se pose à mes côté sur le lit.
- Dis-moi, est ce qu'il t'a fait des choses horribles ? Tu étais enfermée ? Il ne t'a pas laissée mourir de faim ? Et ces marques sur ton visage, pourquoi est-ce qu'il t'a fait ça ?
- Maman, Maman, stop ! Je veux juste me reposer s'il te plaît.

La vérité c'est que je ne voulais pas raconter mon histoire une seconde fois aujourd'hui, je suis enfin sortie d'un cauchemar interminable, ce n'est pas pour que je me ressasse tout ça. Et est-ce que mes parents doivent vraiment savoir tout ce que j'avais enduré ?
- Bonjour, excusez-moi de vous déranger.

Nous saluons l'infirmière qui fait son entrée dans ma chambre chacun à notre tour.
- Votre blessure n'est pas aussi grave que nous le pensions, par contre nous aimerions vous faire passer quelques examens pour être sûr que tout va bien, au vu de vos blessures et de votre disparition pendant autant de temps. Nous voulons être sûr que vous êtes en bonne santé.

- Très bien.

- Bien sûr vous restez cette nuit parmi nous et on verra demain selon vos résultats.

- Merci madame, continue ma mère qui s'empêche de laisser ses larmes couler.

- Je vais vous apporter à manger dans quelques minutes.

- Oh oui je veux bien, je meurs de faim.

Elle me lance un sourire et s'en va.

- Est ce que tu veux qu'on te ramène des affaires de la maison ?

- J'aimerais bien avoir des vêtements propres s'il te plaît, des livres et mon téléphone pour écouter ma musique, ça m'a tellement manqué.

Oui c'est tout ce dont j'ai besoin, d'autres vêtements que cette tenue qui colle à la peau depuis plusieurs mois. Je ne peux plus voir cette jupe et ce t-shirt couvert de sang. J'ai aussi besoin d'écouter la playlist dans mon téléphone. Cela fait des jours que je n'arrive plus à me souvenir de ces musiques que je connaissais habituellement par cœur et surtout j'ai besoin de m'évader dans une histoire banale de roman à l'eau de rose comme je les aime…

- D'accord, je reviens, je vais te chercher tout ça.

Mon père embrasse mon front avant de me laisser seule avec ma mère et mon frère.

Ma mère me pose encore des milliers de questions mais je me refuse de lui répondre. L'arrivée de l'infirmière avec mon plateau repas me sauve la vie, elle comprend quand nos regards se croisent, que je veux juste me retrouver seule pour dormir.

- Excusez-moi, les visites sont terminées.
- Mais je viens juste de retrouver ma fille qui a disparu depuis plusieurs mois. On ne peut pas avoir un traitement de faveur ?
- Je suis vraiment désolée madame, mais ce n'est pas de mon pouvoir, vous pouvez revenir demain dès neuf heures.

Ma mère ne se bat pas plus contre la femme, elle m'embrasse le front, mon frère me fait juste un signe de la main et ils s'en vont tous les deux.

- Merci, dis-je à la femme d'une quarantaine d'années.
- Des mamans aussi cramponnées à leurs enfants j'en vois tous les jours, me répond-elle souriante en me plaçant le plateau sur la tablette en face de moi.

Elle ressort de suite en me précisant qu'elle repassera d'ici une heure ou deux pour voir si tout va bien. J'ac-

quiesce et soulève la cloche, l'odeur du poulet émerveille dans mes narines, accompagnée d'une purée. Rien de très impressionnant c'est vrai, mais après avoir passé autant de temps à manger des pâtes à moitié cuites, pour moi ce qui se présente devant moi est un repas de roi.
Mon père repassa une heure après avec un de mes gros sac de sport au bras, il avait réussi à passer au travers du personnel hospitalier.

- Je m'en veux tu sais, ce jour-là j'aurais dû t'emmener au lycée, si je n'avais pas fait passer mon travail avant toi tu n'aurais pas vécu tout ça…
- Ce n'est pas de ta faute papa, si ça n'avait pas été ce jour-là ça aurait été un autre ou bien une autre fille. Personne ne pouvait prévoir ce qui allait arriver, sauf ce monstre.

Des larmes commencent à couler sur les joues de mon père et je le suis, c'était la première fois que je le voyais pleurer.

- Je vais te laisser avant que quelqu'un me voit ici, on revient tous demain, reposes-toi bien et mets-toi en tête maintenant que tu es en sécurité.

Il passe son pouce pour enlever une larme qui s'est arrêtée au milieu d'une de mes joues, il me fait un dernier sourire et s'en va de la chambre.

Je me cale correctement dans le lit me couvrant de la couverture, je bouge comme je peux ma jambe blessée sans trop subir la douleur. Des flashs du trajet revenaient dans ma tête, la souffrance que je ressentais, la vitesse à laquelle Zack roulait sur les routes qu'il avait empruntées, à cette chemise qui me servait de bandage. D'ailleurs, où est passée cette chemise ? Il faut absolument que je la récupère. S'ils remontent jusqu'à Zack à cause de cette chemise ? C'est vrai qu'il avait les mains abîmées et ensanglantées, il a sûrement dû en mettre sur la chemise. Je prends la manette à côté de moi qui me sert à appeler les infirmières.

- Il y a un soucis ?
- Oui, excusez-moi mais je veux savoir ce que vous avez fait de la chemise ?
- La chemise ?
- Oui vous savez, celle qui servait à arrêter mon sang de couler.

Elle réfléchit quelques secondes avant de me répondre.

- Elle a été jetée, elle était toute déchirée et pleine de sang, on ne pensait pas que vous voudriez la garder.

Au moins personne ne pourrait se douter qu'elle appartenait à la personne qui avait participé à mon enlèvement mais qui m'avait aussi sauvé la vie.

- D'accord, pas de soucis.
- Sûr ? demande-t-elle en levant un sourcil.
- Oui, c'est juste qu'elle appartenait à l'homme qui m'a emmenée ici, mais vu que je ne risque pas de le revoir, ce n'est pas si grave.

Elle acquiesce, je me doutais qu'elle croyait à peine à l'excuse que je venais de lui sortir.

Je repense à ma journée, à cette scène horrible entre Zack et son père, le moment où il prend son courage à deux mains pour frapper son père et me sauver la vie. Je ne dirai rien à qui que ce soit, ni même à mes parents. Je ne dirai pas que mon kidnappeur n'était pas seul mais que son fils a participé à tout ça, parce qu'il a cette chance maintenant d'avoir une nouvelle vie, parce que je l'aime et qu'à présent c'est à mon tour de le protéger.

Chapitre seize.

Cela fait une semaine que je suis de retour chez moi, que je suis à présent saine et sauve. Une semaine que j'ai retrouvé ma famille, ma chambre, mes petites habitudes mais aussi une semaine que je n'ai plus aucune nouvelle de Zack. Zack, tu me manques putain !
Tu es où ? Cette question je me la pose jour et nuit. Il ne m'a laissé aucune adresse, aucun indice pour le retrouver. Et s'il était parti loin de la ville ? Loin de moi ? Je ne sais si j'arriverais à le supporter. Je ne sais si mon cœur acceptera un jour de plus d'être loin de sa présence. Je n'arrête pas de pleurer, mes proches pensent sans arrêt que c'est dû à ce que j'ai vécu, mais au final je pleure plus l'absence de celui que j'aime que du calvaire que j'ai subi pendant ces quelques mois.

Hier soir ma mère a été appelée par le poste de gendarmerie qui détient Jorge, il restera en prison jusqu'à la fin de ses jours. C'est officiel et je n'en suis pas aussi soulagée que ça. Contrairement à ma famille bien sûr. Assise dans mon lit les jambes allongées, je masse mes jambes à l'aide d'une crème hydratante. Je n'ai pas pu prendre soin de moi pendant une éternité, alors maintenant je profite de chaque moment pour le faire. Mes parents ne sont pas encore d'accord pour me laisser aller en cours et c'est vrai que je me vois mal expliquer sans cesse le calvaire que j'ai subi. D'ailleurs je ne veux plus en parler à qui que ce soit, sauf à la psychologue que je dois consulter, sur les conseils du médecin de l'hôpital qui s'est occupé de moi. Mon frère lui, est harcelé de questions à son collège. Imaginer sa grande sœur qui a été kidnappée pendant des mois, à cet âge ils sont encore plus curieux que les adultes. Les adultes, eux préfèrent chuchoter entre eux et te regarder comme si tu étais une bête de foire. C'est ce que je ressens à chaque fois que je sors de la maison, que je croise mes voisins ou d'autres personnes qui peuvent me reconnaître dans la rue quand je dois aller à mes rendez-vous.

Ma main frôle ma blessure, ce qui me fait sortir de mes pensées. Elle se referme peu à peu, mais d'après le médecin la cicatrice pourrait rester indéfiniment. Ce qui veux dire que, non seulement je suis marquée intérieurement par toute cette histoire mais mon corps aussi. Et à chaque fois que je regarderai ma cuisse je ne pourrai pas m'empêcher de ressasser mon calvaire.

Je descends péniblement les escaliers, ma mère se trouve dans la cuisine. Elle a posé quelques jours de congés pour ne pas me laisser seule à la maison, comme si elle avait peur qu'on m'enlève une seconde fois. Elle ne me lâche plus, elle vient même me voir plusieurs fois dans la nuit. Je ne dors jamais, être enfermée dans une cave peu éclairée vous fait perdre le sens du temps. Je dors essentiellement la journée pour profiter de Zack la nuit, c'étaient les seuls moments où je pouvais oublier que j'étais une prisonnière.
J'ai donc gardé ce rythme : m'endormir la journée. Je ne supporte plus vraiment la lumière du jour, même en ces jours d'hiver où le soleil se fait rare, c'est pour moi déjà beaucoup trop.
- Bonjour ma chérie, je t'ai fait ton plat préféré.

Une semaine. Une semaine que je supporte ma mère sur mon dos pendant des heures et des heures, et je n'en peux plus. Je suis consciente qu'elle fait cela pour mon bien, mais je n'en peux plus.

Pendant quatre mois j'ai été négligée et là d'un coup je suis traitée comme une princesse ou plutôt comme une fille pour qui on a de la peine !

Mais je ne veux pas faire de mal à ma mère alors je me contente de la remercier pour l'assiette qu'elle me tend et de lui montrer que tout va bien. Peut-être qu'en réagissant ainsi, elle y croira et me laissera tranquille. Je l'espère en tous cas.

- Il faut que tu reprennes des forces.
- Je me suis pesée hier soir maman, j'ai déjà repris deux kilos, dis-je pour la rassurer.
- C'est une très bonne nouvelle et je pense aux prochaines vacances, ta jambe ira mieux, alors on pourra partir une semaine à l'étranger.
- Oui, si tu veux.

Ma tête appuyée sur une de mes mains, je déguste le gratin de pomme de terre que ma mère m'avait préparé. C'était bien le seul repas qu'elle savait faire sans que le four soit prêt à exploser.

- Chérie, tu m'écoutes…

Je m'extirpe de la bulle qui s'est peu à peu créée autour de moi depuis quelques minutes.

- Oui, Maman, bien sûr… dis-je en relevant la tête.
- Ava, tu as le droit d'être mal, mais je préfèrerais que tu nous en parles. Tu n'as pas à nous protéger…
- Je sais Maman.
- Cela va prendre du temps, mais tu t'en es sortie. Je veux que tu ne penses qu'à ça maintenant. Tu es libre. Pense à ces filles qui ont vécu la même chose que toi et qui ne s'en sont pas sorties. Pense à leurs familles qui doivent maintenant faire leur deuil, tu es une fille courageuse.

Ses yeux étaient plantés dans les miens. Ma mère avait raison, son discours m'a mis les larmes aux yeux, je dois passer à autre chose, oublier ce moment atroce de ma vie, mais c'était bien plus facile à dire qu'à faire. Mais je ne lui en veux pas. Après tout elle ne sait rien de ce que j'ai vécu. Je ne veux pas lui en parler. Je ne veux pas lui infliger une souffrance de plus alors que je suis de retour à la maison, parmi eux.

Comment pouvais-je oublier ces mois d'enfermement ?

Ces moments de souffrance ?

De peur ?

Et Zack ?

Comment pouvais-je l'effacer de mon esprit comme ça ?

Je me suis beaucoup renseignée sur les victimes qui ont vécu la même chose que moi. Elles étaient comme moi perturbées.

Reprendre une vie normale c'est un long parcours et la plupart ont développé un attachement pour leur bourreau après avoir subi un lavage de cerveau pendant des jours et même parfois plus.

Mais moi ce n'est pas juste un simple attachement. Je suis tombée amoureuse de Zack, bien malgré moi.

Alors oui, j'ai retrouvé ma famille, ma maison, mes habitudes, mais sans Zack cela n'a aucun intérêt. Son absence me torture. Un vide, je ressens un vide. Si seulement on s'était rencontrés dans d'autres circonstances. Vous savez, dans des circonstances banales, comme tout le monde, dans la rue, à une soirée. Comme une rencontre entre un garçon et une fille de mon âge. On aurait pu vivre notre histoire au grand jour, mais la vie a décidé autrement pour le sort de notre amour.

Des cognements à la porte de ma chambre m'extirpent de mes pensées, j'essuie mes larmes à l'aide de mes manches longues qui me cachent les mains.
- Oui, lançais-je.
- Salut grande sœur.
- Salut petite tête.
- Combien de fois devrais-je te dire que je ne suis pas beaucoup plus petit que toi.
- Tu seras toujours un bébé pour moi.
- Je voulais te proposer de regarder ta série préférée ensemble, ça te tente ? me propose-t-il en soulevant son ordinateur portable.

Je suis touchée par sa proposition, d'habitude il a horreur de ce que je peux regarder, beaucoup trop à l'eau de rose pour lui.
- Ne te force pas, je sais que tu n'aimes pas mes séries.
- C'est vrai, mais j'ai regardé Riverdale quand tu n'étais pas là et j'avoue que c'est pas mal.
- Vraiment ?

Il hoche la tête simplement et s'installe sur mon lit. Je devine que c'est dur pour lui de m'avouer qu'il aime la même chose que moi. Je n'arrête pas de sourire en le regardant mettre en route l'un des épisodes qui était sorti pendant mon absence.

Nous nous faufilons tous les deux sous ma couette pendant le récapitulatif du précédent épisode.

Il tient tellement à me faire plaisir que je n'ose pas lui dire que je connais les derniers épisodes et puis de toute façon comment lui expliquer que j'ai pu les regarder au chaud dans un lit et dans les bras du complice de mon kidnappeur.

- Tu es sensationnel, répétais-je le regard fixé sur l'écran.
- Comment tu as su qu'il allait dire ça ? me demande-t-il d'un air interrogateur.

Je réalise sur le coup que je viens de faire une gaffe.

- Ça paraissait évident…

Il se contente d'hausser les épaules et se replonge dans l'épisode. Je tourne les yeux et pose une main sur mon front pour cacher l'expression sur mon visage, même si Adisson ne me regarde plus c'est une habitude chez moi dès que je sors un mensonge sans réfléchir. Mes yeux et la rougeur sur mes joues me trompaient.

Ma mère fait grincer la porte que mon frère n'a pas pris la peine de fermer correctement.

- Les enfants vous descendez, on a organisé une petite surprise avec votre père.

Mon frère baisse l'écran de l'ordinateur portable et se lève pour rejoindre ma mère qui avait vite filé, je reste quelques secondes dans mon lit réalisant une nouvelle fois que j'ai bien retrouvé ma famille.

- Tu viens ? Ça va te plaire... me dit-il en se retournant vers moi dans l'encadrement de la porte de ma chambre.
- Tu es au courant ?
- Tu connais la discrétion des parents, je les ai grillé il y a quelques jours...

Je pouffe un petit rire et suis mon frère jusqu'à la cuisine. Arrivant sur place mes yeux s'écarquillent en voyant une table magnifiquement décorée avec des bougies et les couverts que ma maman utilise uniquement pour les repas de Noël.

- On n'a pas pu fêter noël avec ton père et ton frère sans toi, alors on s'est dit qu'il n'était pas trop tard pour y remédier.

Au bord des larmes, je prends mes deux parents dans les bras, je me sens chanceuse d'avoir une famille aussi bienveillante.

- Merci beaucoup, dis-je en m'écartant de leurs bras.
- On sait que cette fête est très importante pour toi, continue mon père en posant une main sur mon épaule.

Zack le savait aussi.

Nous nous installons tous autour de la table, mon père nous sert à tous un verre de champagne. Même Adisson a le droit, c'est pour eux un moment exceptionnel et pour moi aussi, même si mes pensées sont à des milliers de kilomètres de cette maison et de la joie de vivre qu'elle fait ressortir.

Nous avons dégusté le délicieux repas que mon père avait passé la journée à préparer. Sachant que je ne bouge pas de ma chambre depuis quelques jours, il ne se sentait pas en danger de cuisiner sans que je m'en aperçoive. Nous nous sommes remémorés nos précédents Noëls. Les cadeaux qu'avec Adisson nous avions préférés, ainsi que les ennuis qui ont pu nous arriver. Comme cette fois où ma mère avait décidé de s'occuper du plat principal, alors qu'en compagnie de l'une de mes tantes elle s'était laissée aller sur le vin et avait oublié de mettre la minuterie en route pour la cuisson de la viande. A la fin le résultat fut une dinde cramée et une maman totalement saoule, ce qui nous avait bien fait rire avec mon frère du haut de nos six et dix ans. A la fin de notre dessert, mes parents s'absentent de table nous laissant Adisson et moi en plan.

- Dis-moi, là aussi tu sais ce qu'ils préparent ?
- Non, je n'ai pas entendu toute la conversation ce matin, me répondit-il en essayant de voir où sont passés nos parents.
- Surprise !

Ma mère arrive souriante comme une enfant avec des cadeaux emballés dans les bras, suivie de mon père aussi chargé.

- Nos cadeaux de Noël ! hurle mon frère en courant vers eux.

De son côté je reste stoïque sur ma chaise, ma mère s'approche de moi me tendant le paquet qui lui reste dans les mains.

- Tu m'en as tellement parlé, je n'ai pas pu m'empêcher de te l'acheter, me dit-elle en posant le paquet sur la table.

En déchirant le papier cadeau je découvre un carton avec à l'intérieur cette magnifique robe. Je me souviens avoir craqué littéralement dessus quelques jours avant ma disparition lors d'un après-midi shopping qu'on s'était ac-

cordé avec ma mère pour ma rentrée. Je la voulais absolument mais ma mère n'en voyait pas l'intérêt et avait beaucoup trop dépensé en aussi peu de temps.
- Merci beaucoup, dis-je en me levant pour la prendre dans mes bras.

C'est une petite robe noire remplie d'étoiles dorées, c'est la robe de mes rêves, je me suis vue avec plusieurs fois allant à des soirées où j'aurai été invitée par mes nouveaux amis.

Je la mets devant mon torse pour donner un aperçu de ce qu'elle peut donner sur moi.

Mon frère est absorbé par le jeu de la nouvelle console qu'il vient de recevoir. Mon père lui commence à feuilleter le dernier roman de son auteur préféré. Moi je me retrouve concentrée sur les touches blanches et noires présentes devant moi, je n'entends même pas ma mère s'approcher avec deux tasses de thé bien fumantes comme je les aime.
- J'ai regardé ce piano pendant des heures et des heures, parfois même je m'installais sur ce fauteuil, dit-elle en reproduisant le geste. La nuit quand je n'arrivais pas

dormir et je repensais à toutes ces fois où tu nous jouais des morceaux de classique à ton père et moi.

Des images se propagent dans ma tête, je vois exactement de quels moments elle me parle.

- Ça ne va pas ma chérie ?
- C'est comme si, j'avais tout oublié…

Elle se relève du fauteuil et s'avance vers moi.

- Je n'arrive plus à me concentrer sur quoi que ce soit, dis-je en retenant mes larmes, mais ma voix me trahissait.

Elle me caresse mes longs cheveux pour me rassurer, j'essuie les deux trois larmes qui coulent en effleurant mes joues avec une main.

C'est fou comme je pleure facilement en ce moment, moi qui avais avant tout ça le pouvoir de cacher mes émotions quand ça n'allait pas.

La réalité c'est que mes pensées sont toujours destinées à Zack et que je l'entends encore me dire qu'il aimerait m'entendre jouer, c'est ça qui me bloquait, de savoir que je ne pourrais sûrement jamais jouer pour lui.

Chapitre dix-sept.

C'est encore un réveil difficile ce matin, mais enfin il est maintenant treize heures. Je ne peux pas dire à quelle heure j'ai pu m'endormir cette nuit, mes pensées étaient bloquées sur ces dernier mois. Je me suis rappelée chaque jour de ma séquestration, chaque moment vécu avec Zack, même les pires moments...
La veille j'ai voulu écouter la radio pour me changer les idées et me tenir informée de ce qui se passait à l'extérieur. Il a fallu que je tombe sur la seule nouvelle dont je connaissais tous les détails. Aux dernières nouvelles, Jorge avait été retrouvé chez lui quelques heures après l'arrivé à l'hôpital de sa dernière victime, c'est à dire après ma libération. On a ensuite retrouvé les corps de

toutes ces filles recherchées depuis des mois, leurs familles pouvaient maintenant avoir les réponses à toutes les questions qu'elles se posaient. Avant même d'avoir été jugé, tout le monde savait qu'il allait passer le reste de sa vie en prison. C'est à son tour d'être traité comme un animal et d'être enfermé dans un endroit aussi monstrueux que lui.

- Ava, tu es réveillée ?

En soulevant ma couverture je découvre ma mère à moitié cachée derrière la porte de ma chambre.

- Oui maman, répondis-je en me relevant un peu dans mon lit.

Elle s'approche et s'installe à côté de moi avec un plateau de tout ce que j'aime manger.

- Tu as bien dormi ?
- Oui ça va, mentais-je.

Ma maman passe sa main dans mes cheveux et se contente de me regarder en train de boire ma tasse de thé.

- Maman, je suis là maintenant, tu n'es plus obligée de me regarder sans cesse, je ne vais plus disparaître, dis-je pour essayer de la rassurer.
- On m'a volé mon bébé pendant plusieurs mois, c'est normal tu ne trouves pas, que je reste inquiète, surtout

que tu ne veux pas me parler de ce qu'il t'est arrivé là-bas. J'ai l'impression de ne pas t'aider à remonter la pente.
- J'ai été séquestrée dans une cave, je n'ai rien de plus à te dire, surtout maintenant que ce monstre est en prison. Tu n'as plus rien à craindre.
- Et les bleus sur ton corps ? Et ta blessure à ta cuisse ? Et comment as-tu fait pour atterrir dans cet hôpital, seule ?
- Maman, j'aimerais passer une journée sans qu'on m'en parle, s'il te plaît.
- Très bien ma puce.

Elle m'embrasse le front et se relève de mon lit. Je pose mon regard sur la lettre posée sur le plateau en buvant une nouvelle gorgée de ma tasse chaude.
- Qu'est-ce que c'est, Maman ?
- Je ne sais pas, il y a juste ton prénom dessus.

Je commence à l'ouvrir pendant que ma mère referme la porte derrière elle. Je déplie la feuille de papier.

« *Rendez-vous au stade à 18 heures, je t'y attendrai Ava.* »

Le mot n'est pas signé, mais je découvre en même temps le collier de la mère de Zack, C'était lui, enfin ! J'admire le collier qui se trouve dans mes mains, je l'avais complètement oublié avec tout ça. J'ai dû le perdre dans la voiture, je le mets autour de mon cou et le caresse du bout de mes doigts. Les larmes aux yeux je repense à cette soirée de Noël où Zack venait de m'offrir ce cadeau qui représentait tant pour lui. Je saute de mon lit, laissant mon petit déjeuner de côté. Je vais enfin le retrouver, je n'attends que ça. J'ouvre ma penderie en grand et cherche la tenue parfaite pour nos retrouvailles. Je me stoppe de suite sur ma nouvelle robe. C'est le moment parfait pour la mettre. Je l'enfile l'accompagnant d'un collant noir et de mes baskets blanches. Après m'être arrangée une nouvelle fois les cheveux devant le miroir, j'attrape mon manteau sur la chaise de mon bureau et dévale les escaliers.
- Tu sors chérie ?
- Oui je vais prendre un peu l'air.
- Tu es sûre ?
- Oui, Maman ça va aller.
Je lui envoie un bisou et me précipite vers le garage pour récupérer mon vélo. Il fait un petit vent assez frais, mais

rien ne m'empêchera de rejoindre Zack, pas même ce temps d'hiver.

Je suis les instructions écrites sur le papier et j'arrive enfin au stade de foot. Comment n'y avais-je pas pensé. Il m'a tellement parlé de cet endroit où il venait plus jeune quand ses parents étaient encore amoureux pour voir les matchs de foot du dimanche après-midi. J'avance avec un mélange d'appréhension et joie.
Sera-t-il vraiment là ?
Cette question ne se pose plus dans ma tête quand je vois au loin un jeune homme de dos, accompagné d'un énorme sac. Je cours vers lui, je l'appelle et dès qu'il est face à moi je lui saute dans les bras. Une de ses mains me caresse les cheveux et l'autre me serre fort pour me coller un peu plus contre son corps, mon cœur n'arrête pas de s'affoler, je l'ai enfin retrouvé. Je l'ai enfin dans mes bras, il est de nouveau à moi. Je m'écarte de son étreinte pour pouvoir coller mes lèvres aux siennes. Après avoir échangé un long baiser, il s'écarte à son tour de moi pour plonger son regard dans le mien.
- Enfin je te retrouve, comment as-tu trouvé mon adresse ?

- J'ai reconnu ta maison, elle est passée tellement de fois aux informations et te laisser cette lettre était ma seule chance pour reprendre contact avec toi.
- Tu m'as tellement manqué, je pensais que je ne te reverrais jamais.
- Si je t'ai donné ce rendez-vous c'est pour te dire que je vais partir.
- D'où ce sac j'imagine…
- Oui, j'ai réussi à récupérer quelques affaires un soir chez moi…
- Et tu comptes allez où ?
- J'ai un cousin à Londres, il m'a contacté quand il a su pour mon père. Il me propose de m'accueillir quelques temps.
- Londres ? Mais c'est impossible et nous alors ?
- Justement Ava, le mieux pour nous, surtout pour toi c'est que je m'éloigne de cette ville, c'est petit ici, tout se sait vite et ils vont sûrement un jour vouloir m'interroger. C'est d'ailleurs étrange qu'ils ne l'aient pas encore fait.
- Je t'ai toujours innocenté, ils ne te mêleront jamais à ça.

- Bien sûr que si, je vivais dans cette maison où tu as été capturée, pour eux c'est inconcevable que je n'aie rien vu
- Ils m'ont cru je t'assure, tu es au-dessus de tout soupçon, s'il te plaît reste ici, ne me laisse pas seule.
- Tu n'es pas seule, tu as ta famille, tu l'as enfin retrouvée.
- Je pars avec toi.
- Ne dis pas de bêtises.
- J'ai passé une semaine sans avoir des nouvelles de toi, c'était atroce pour moi, je ne vivrais pas un jour de plus loin de toi, alors je viens avec toi.

Il prend mon visage dans ses mains.

- Ava, tu sais ce que je ressens pour toi, pour moi aussi c'est dur d'être sans toi mais on n'a pas le choix, on doit prendre un nouveau départ tous les deux chacun de notre côté.
- Je ne pourrais pas, je te jure que je ne pourrais pas vivre sans toi.

Il m'embrasse, c'est pour lui sa seule réponse.

- Je t'aime Zack, vraiment.

Mon cœur est en mille morceaux, je me retiens de pleurer, je sais qu'il a pris sa décision. Qu'importe ce que je pourrais lui dire, il partira.
- Je dois y aller.
- Même si je sais que tu détestes les promesses, accordes m'en une s'il te plaît.
- Dis-moi.
- Promets-moi qu'on se retrouvera.
- Si on doit se retrouver, alors on se retrouvera.

Cette réponse me laisse dans le flou, des larmes montent, mais je fais mon possible pour qu'elles ne coulent pas. Pas devant lui, pas encore. Je me mets sur la pointe des pieds et l'embrasse, c'est la dernière fois que je peux être sûre de goûter ses lèvres. Je prie pour que ce moment ne s'arrête jamais. Il pose ses lèvres sur mon front, je peux voir son regard humide. Cela me réchauffe le cœur de savoir qu'il fait tout ça sans vraiment le vouloir. Que lui aussi voudrait qu'on reste ensemble. Il ne le dit pas mais tout est dans son regard. Il prend son sac posé à nos pieds et s'en va en me tournant le dos. Et moi, je reste comme une statue à ma place le regardant s'éloigner un peu plus de moi à chacun de ses pas. Ça y est, il a disparu, mon corps lui s'écroule, je n'ai plus la force de tenir debout. Je mets mon visage entre mes mains et crie aussi fort que la douleur qui s'est emprisonnée en moi, mais mon cri n'est pas assez fort pour le faire revenir. Je ne le reverrai plus jamais, qu'importe les mots, les promesses. Il va être à des milliers de kilomètres de moi, de ce qu'on a vécu ensemble. Je suis anéantie, seule, détruite. Il me manque déjà, même cette foutue cave me manque. Si j'avais su que notre évasion allait nous séparer, je serais restée. Oui j'en étais arrivée à ce point-là... Mes larmes ne s'arrêtent qu'après deux heures je dirais, je suis toujours parterre, seule aux pieds des gradins de ce petit stade. Il fait froid, pratiquement nuit aussi et mon téléphone n'arrête pas de sonner. Mais cela m'importe peu, je viens de perdre celui dont je suis amoureuse.

FIN.

Vous pouvez me retrouver sur instagram :

@INSTACARLIE

Vous pouvez aussi retrouver l'illustratrice sur instagram :

@JECRISPARFOIS

Ainsi que Antoinette Pardon, correctrice professionnelle :

@ANTOINETTE_PDN

DU MÊME AUTEUR :

Romans

- **CAPTIVE TOME 2**
- **CAPTIVE TOME 3**
- **ET SI TOME 1**
- **ET SI TOME 2**
- **GLORIA**
- **C'ÉTAIT ÉCRIT**

Loi n°49-956 du 16 juillet 1949 sur les publications destinées à la jeunesse, modifiée par la loi n°2011-525 du 17 mai 2011.

© Carlie Carlie, 2025
Édition : BoD · Books on Demand, 31 avenue Saint-Rémy, 57600 Forbach, bod@bod.fr
Impression : Libri Plureos GmbH, Friedensallee 273, 22763 Hamburg (Allemagne)
ISBN : 978-2-3222-5035-6
Dépôt légal : Janvier 2025